北师大诗群书系

任洪渊的诗

张清华　主编　/　任洪渊　选编

北京师范大学出版集团
BEIJING NORMAL UNIVERSITY PUBLISHING GROUP
北京师范大学出版社

我悲怆地望着我们这一代人

虽然没有一个人转身回望我的悲怆

——任洪渊

北师大诗群书系编委会

　　任洪渊，1937 年夏历 8 月 14 日生于四川邛崃。北京师范大学中文系 1961 届毕业。1983 年—1998 年在北京师范大学中文系任教。

　　著有诗与诗学合集《女娲的语言》、汉语文化诗学导论《墨写的黄河》、多文体书写的汉语文化哲学《汉语红移》。台湾出版《大陆当代诗选·任洪渊诗选》一辑。作品选入国内外多种文集。

1959 年春　北京师范大学二年级

1994 年　女儿 9 岁
2008 年 7 月 31 日　首都机场，送女儿去哈佛

2014 年 8 月 30 日　南京紫金山庄湖畔园，女儿婚礼

总序：
关于『北师大诗群』

张清华

假如从胡适《尝试集》中最早的几首算起，2016 年恰好是新诗诞生一百周年。一百年，中国新诗已从稚嫩的学步者，走到了多向而复杂的成年，水准和面貌的成熟与早年相比，早已不可同日而语。而且如果从胡适这里看，中国新诗诞生的摇篮不是别处，就在大学中。数一数"五四"时期其他的几位重要的白话诗人，沈尹默、周作人、康白情、刘半农、俞平伯……几乎都是北京大学的教授。

算起来，北京师范大学与北京大学本亦属同源，1902 年创立的京师大学堂师范馆，即是北京师范大学的前身。京师大学堂最早成立于 1898 年的戊戌变法中，但两年后因八国联军入侵京城而关闭。1902年初战事平息，清廷下令恢复京师大学堂，且因亟须用人而举办速成科，分仕学和师范两馆于1902年10月开始招生。有此前缘，北京师范大学便可以当仁不让地认为，她本身也是新诗和新文学诞生的摇篮之一了。而且还可以列出这些名字：梁启超、鲁迅、钱玄同、钟敬文、穆木天、沈从文、石评梅、郑敏、牛汉……在当代，还有一大批作家和诗人都是出自北京师范大学，2012年获得诺贝尔文学奖的莫言，也是北京师范大学的校友作家。与他一个班的，还有余华、迟子建、严歌苓、刘震云、洪峰、毕淑敏、海男、刘毅然等一大批，就读于1980级本科的还有苏童，1982级的则有陈染，干部班的还有刘恒，等等。

从这样一个角度看，尽管"北师大诗群"是一个相对封闭的小概念，但其历史格局与背景谱系却不可以小觑——某种程度上它甚至可以看作新诗历史的一个缩微版。鲁迅自1920年到1926年在北京师范大学任教达六年，1927年由北新书局出版的《野草》均写于此间，其中收入的作品多曾发表于1924—1926年的《语丝》周刊。而且从各方面看，如果我们不以狭隘之心看待"新诗"这一概念的话，那么说《野草》代表了这一时期新诗的最高成就，大约也不为过。因为很显然，以胡适为首创的白话新诗派的作品确乎乏善可陈，在语言和形象方面都显得单纯和稚嫩，而郭沫若出版于1921年的《女神》，虽说真正确立了新诗的诞生，但从美学上却还止步于以启蒙主义为基础的浪漫主义，而几年后的《野草》则真正抵达了以叔本华、尼采、克尔恺郭尔的思想为根基的存在主义，在语言上它也堪称创造出了一种真正现代的、象征与暗示的、多意而隐晦的语体。直到今天，它也还散发着迷人的魔力，以及解读不尽的晦暗意味，甚至它的"费解"也是这魔力的一部分。

因此，如果要真正编纂一套"北师大诗群"文库的话，鲁迅应该排在首位。只是因为《野草》的版本是如此的普及，我们才不得不放弃多此一举，但必须要将之放入这一谱系的最前端，这套诗系才算有了"合法性"。

现代中国新诗的道路显然相对复杂，有无数的歧路与小径，但说到底，在1925年《微雨》出版——即李金发为代表的"象征派"出现之前，在1924年始鲁迅的《野草》陆续发表之前，新诗基本还处于草创期，语言并不成熟，一套新的艺术思维也还未成形。之后新诗步入了一个建设期，简单看，我以为大抵有两条路径：一是以闻一多、徐志摩等为代表的留学英美的"新月派"，主要师承了英美浪漫主义的传统，这一派固然写得好，人气旺，讲究修辞和形式感，韵律和音乐性，但从艺术的质地与难度、含量与趋势上看，似乎并不能真正代表新诗的前景与方向；而颇遭质疑的"象征派"以及稍后至20世纪30年代初次第涌现的戴望舒、艾青等为代表的"现代派"，则表现了更为强劲的冲击力与陌生感，其普遍运用的隐喻与象征，感觉与暗示的手段，以及在诗意上的沉潜与复杂，都更准确地体现了现代诗的要求，因此也就更代表了新诗发展的前景。

从这个意义上说，鲁迅所开辟的诗歌写作传统，或许才是真正"正宗"的。虽然很久以来，人们将其当作"散文诗"，而狭隘和矮化了它的意义，但从大的方向看，鲁迅的诗才更接近于一种"真正的现代诗"，其所包含的思想、思维方式和美学意味，才更能显示出新诗的未来前景。换言之，鲁迅所开创的新诗的写法，对于新文学和新诗的贡献是最重要的。从这个方向看，穆木天的重要性也同样得以凸显，他的出版于1923年的第一本诗集《旅心》，也因为初步包含了一些象征的因素，而在创造社的浪漫主义派别中具有了一些特立独行的意味。当然，那时穆木天与北京师范大学之间尚未有什么交集。之后在20世纪40年代赫然鹊起的"九叶"之一郑敏也一样，她作为诗人诞生于西南联大的校园，昆明近郊的稻田边，与北京师范大学的距离也还显得过于遥远；而远在西北就读于抗战时期西北联大的牛汉，那时在诗歌写作上还远未真正显露头角……种种迹象表明，在鲁迅之后，北京师范大学这座校园与新诗壮观的波澜之间，似乎只是一脉相牵，或只留了些许暗通款曲的因缘。

如此说来，"北师大诗群"这样一个概念也就在"历史客观性"上面临着检验。一方面，她有着足以令人钦服的鲁迅传统，同时又似乎在很多年中略显沉寂和寥落。五六十年代之后长期执教于北京师范大学的穆木天与郑敏，他们主要的写作和影响时期也不在此间。此间出现的一些写作者，似乎又不能在整个的诗歌史中具有代表性。因此，假如我们硬要赋予这一概念以一些"底气"的话，那么将这段历史当作是一种漫长的前史，一种久远的酝酿，或许是更为得体和合适的。

但时光翻到了 20 世纪 80 年代之后，北师大人就再也没有错过时代的机缘。1978 年以后，牛汉的《半棵树》《华南虎》等作品都引发了巨大的反响，而执教师大且再度浮出的郑敏，也在随后被命名的"九叶诗人"群中，显现了最为旺盛的持续创造力；20 世纪 80 年代后期开始，稍晚半个代际的任洪渊也开始发力，他一方面创造了一种具有"现代玄学"意味的诗体，同时更以特有的思想熵惑力，为一批喜爱诗歌写作的学生提供了兴趣成长的机遇；之后同在北京师范大学任教的蓝棣之，也作为诗歌研究家以鲜明风格影响了校园的诗歌氛围。因了这些具体的影响，当然更多还是出于这一年代的大势，1984 级和 1985 级两个年级中就出现了前所未有的诗歌写作热，涌现出了宋小贤、伊沙、徐江、侯马、桑克等一批诗人，这批人在20世纪90年代迅速成长起来，成为当代诗坛的一支新军。尤其以伊沙为代表，他在1992—1993年的两期《非非》上刊出的《历史写不出我写》《中指朝天》两组诗，堪称是惊雷般振聋发聩的作品，对这个年代的文化氛围构成了犀利的冲击和颠覆、戏谑和解构的效果。由此出发，"北师大诗群"这一概念，似乎渐渐生成了一个雏形。

迄今为止，在当代中国的诗歌生态中，假如说存在着一个有机的"解构主义写作"的派系的话，那么其肇始者应该是20世纪80年代中期的韩东和于坚。但他们此期的作品，其解构效能基本上还处在观念阶段，语言层面上的解构性还未真正生成。无论是韩东的《有关大雁塔》《你见过大海》还是于坚的《尚义街六号》、李亚伟的《中文系》，这些作品虽已高度经典化，但细审之，还远未在文本层面上形成真正的戏谑性。只有到了伊沙的《梅花，一首失败的抒情诗》《事实上》《车过黄河》《结结巴巴》《诺贝尔奖，永恒的答谢词》一类作品出现，在诗歌写作的主题与话语类型上、在词语与美学上，才产生出真正的解构力量。这种冲击在文化上引申出来的精神意义与美学势能，成为所谓"口语派"或"民间写作"在1999年"盘峰诗会"上得以提出的依据，以及底气。没有这种写作背后的文化精神，以及在美学上强有力的颠覆性，单纯在风格学上强调口语，显然是没有多少意义的。

而这也就是在世纪之交新的一波得以出现的因由，在沈浩波们那里，这种前所未有的解构性写作，被经验主义地进行了发挥，"下半身"美学诞生了。但问题是，破坏力的持续发酵，却失去了文化或美学上内在的理由，如果说人们从早期伊沙的诗中可以读出美学的激愤和文化的合理性的话，那么在"下半身运动"中，这种文化的合理性却似乎打了折扣，并因此而遭到了更多质疑。但是，从大的历史长河来看，沈浩波所发起的破坏性的极端写作，却成全了"北师大诗群"在文化精神与美学取向上的一种连贯性，以及"奇怪的针对性"——他们仿佛是专门为"北大诗群"而生的。在北大的文化产床上诞生了海子、西川、骆一禾、臧棣……那么在北师大的摇篮里就势必要生长出伊沙、徐江、侯马、沈浩波……这似乎是冥冥中的一种逻辑，一种天然的对应关系。

或许我可以用布鲁姆的"影响的焦虑"，来解释这现象的由来，因为某种对于优势的反对冲动，导致"北师大诗群"出现了某种奇怪的"集体无意识"。这种推论当然是个人的猜测性解释，缺乏学理上的依据。假如我们不用这样一种逻辑来设定，从另一个完全自足的角度来理解的话，那么"北师大诗群"的风格，便当然地应该是丰富和多面的。稍早于沈浩波的朵渔，还有与伊沙同期的桑克、宋小贤等，都可谓有自己独有的立场，晚近因为读博士而进入北师大的吕约，则更像是特立独行的个体。

其实，值得一说的还有研究与批评方面，假如果真存在一个"北师大诗群"的话，那么批评和研究也理所当然地是其有机的部分。如前所述，北师大的批评传统前有鲁迅、钱玄同、钟敬文、李长之、黄药眠、童庆炳等先贤，中间则有任洪渊、蓝棣之在诗歌研究中的接力，再之后则有一批在诗学和批评界耕耘的中青年，这个阵容在中国所有的大学校园中，也堪称独秀了。

至此，关于"北师大诗群"的话题，似乎可以落定了。虽然，作为后学和外来者，我并无资格在这里谈论历史和现今，但借了北师大国际写作中心成立之机，整理师大文学传统、开展校友作家研究，变成了一份置身其间者难以推卸的责任。秉此大意，我不得不勉为其难，做些事务性的工作，来设法梳理和"包装"一下由众多北京师范大学先贤所开创、由许多同代和同仁所传承的诗歌脉系。

这便是该套"北师大诗群书系"出笼的缘由，虽说文章乃天下公器，无论是以个人、群体还是"单位"来窄化其意义都不足取，但以文化传承和流派共生的角度看，又是其来有自、有案可循的。况且，历史上很多流派和概念都是后人重新命名的，像"九叶诗人""朦胧诗派"，都是先有创作后有命名的。即便"北师大诗群"不能算是一个严格意义上的流派，但在大学文化和脉系传承的意义上，也算是一种有意义的集合。

笔者不想在这里全面地阐述这一诗群的文化及美学含义，我自知力不能及。但假如稍加审度似也不难发现，由鲁迅作为源头的这一脉系，确有着创造与发现、突破与颠覆的精神暗线；在语言上，早先的隐晦与暗示，中间的玄学与转喻，还有后来的直白与冒犯，竟然可以构成奇怪的交叉与换位，且有着若隐若现、似暗通款曲的转递关系；但同时，更为丰富的构造和自我分化，也更体现了兼容并包的大学精神。且不论怎么变，他们在文化上天然的先锋与反抗、探求而崇尚自由真理的内在精神，似乎永远是一脉相系，绵绵不绝的。

这便是它存在的理由，和需要重新梳理的意义。薪火相传，我们审视百年新诗的演变，也许它还可以提供一个范例，一个缩影。

作为"北师大诗群书系"的第一辑，我们所选四位诗人是：穆木天、郑敏、牛汉、任洪渊。他们与北京师范大学的交集有先有后，在新诗史上的地位也有差别，但之所以将他们作为第一辑推出，前述的理由是首先要使这一概念"合法化"。自然，按成就地位他们谁都难于和鲁迅比肩，在北京师范大学的名望和"资历"也同样如是，所以一骑绝尘单立一辑的应该是鲁迅而不是别人，但只因《野草》读者触手可及，遂不需重新编辑出版。从几位的年龄上说，生于 1900 年的穆木天早在 1971 年便已作古，晚其一辈生于 1923 年的牛汉则在 2013 年过世，稍长牛汉于 1920 年出生的郑敏，如今以九十五岁的高龄还健在人世，差不多已成为百年诗歌的唯一的见证人。至于 1937 年出生的任洪渊，又小了大半个代际，但出于技术考虑，单列亦难，不得不将他放入第一辑。

因此，简单化处理或许是有理由的。不论怎么说，穆木天、郑敏、任洪渊三位，都有在师大执教数十年的履历，由他们组成第一辑，可为众多的后来者奠定脉系的根基。基于此，我们在第二辑中，拟将成长于 20 世纪 80 年代校园的伊沙、宋小贤、桑克、侯马、徐江置于一起，构成中间一代的景观；第三辑则仍呈现一个开放性的阵容，拟以更为晚近走出的朵渔、沈浩波、吕约等组成。同时，假如可能，我们还打算将活跃于当代诗学研究与诗歌批评领域的一批师大同仁，如李怡、张柠、陈太胜等算作第四辑，将他们的理论批评文字也予以集中展示。如此，几代人构成的谱系，创作与批评互补的格局，便大致可以显现一个轮廓。

下决心写短序，也还是拉杂至此。这些话其实本应由师大德尊望重的长辈，或者学养修为更高的同仁来说，只是因为笔者冒失充当了"北师大校友作家研究校级重大课题"的责任人，才不得不滥竽充数地写下如上文字。从研究者的私心说，希望借此机遇，能将"北师大诗群"一说坐实，至少能够提供一个为研究者参考、为读者评说的读本，当然，如能引数十万计的北师大校友自豪，增益其认同之感，更足以欣慰了。唯望这个谱系的勾画是大致符合历史的，如有重要遗漏，那么罪责亦将无以旁卸。

惶恐之至，谨以为序。

2016 年 1 月 22 日于北京师范大学

目录

5

第一辑

第三个眼神

太阳　眼睛

第一个旭日，2000
太阳，眼睛，眼睛，太阳
眼睛与眼睛连成一条日出的地平线
所有语言的太阳，Sun，Soleil，Солнце
叫响一个黎明

太阳在人的眼睛里反观自己
何等夺目，人的眼睛

反观自己看见太阳的眼神吗？

一天 24 小时日出

什么也不曾开始

一切，都已经发生已经命名

还是那个太阳，还是那个地球轨道

还是同一个主语，还是

我们，你们，和他们

纽约

无数双惊恐的眼睛顷刻塌陷一角天空

一角天空顷刻嵌满无数双惊恐的眼神

　　那些引爆自己生命的绝世目光

　　熄灭了，连太阳也来不及捕捉

　　因为死亡从来不转过身

　　那是怎样的最后一瞥？投出时

　　已成灰烬，它看见过我们

　　我们却永远看不见它湮灭的一瞬

　　像是阳光隐藏的永久的秘密

像是旷世未明的暗物质

我从自己的胸膛，听到那声撼动
天边的回响，有多少胸膛就有多少回响
　　　恐龙灭绝的外星撞击余响
　　　掩埋庞贝古城的地下板块撞击余响
　　　广岛长崎废墟的原子裂变撞击余响
第一次人体直接的撞击
　　　　纽约撞击回响
　　　　别斯兰撞击回响
　　　　伦敦撞击回响
　　　沙姆沙依赫撞击回响
回响撞响回响，没有一响是余响

太阳望着每一双眼睛
太阳寻找第三个眼神
我是什么眼神？问太阳还是问眼睛？

眼睛　眼睛

太阳白热的，凋谢的阳
光，自己看不见的照映

长河幽冷的，流逝的水
波，看不见自己的映照

为了最初的一瞥，水里的火焰
闪动，铁为水，阳光与金石为水

血开始流了，泪也开始流了
她的红潮，他的白浪，她和他寻找的

眼睛，白昼洞开的黑夜
黑夜洞明的白昼，眼睛

早已不再是火，闪耀的目
光，自己看见了的照映

早已不再是水，流盼的眼
波，看见了自己的映照

看——见，同时看见了看与见
看见了看的主语与见的宾语

见，为看，赋形，显影
看，为见，定义，命名

我看见了我的天地，叫出了我的天地
我的天地看见了我，叫出了我

我的身体与天地一体，同体延伸
天地的边际就是我肌肤的边际

万物在我的脸上寻找它的表情
在我的肢体寻找它的姿势

依旧是目光，但是含着笑意的
眼神，从愉，从悦，到狂喜

依旧是眼波，但是穿过泪水的
眼神，从哀，从戚，到悲绝

那是可以凝眸凝视的眼神
可以出离日光，出离星晖和月色

那是可以反观反顾的眼神
可以背对日晦，背对星陨和月缺

从地上长埋骨骸的坟茔
到天际长望而望不尽的眼睛

比极光，比赤道雷电更熠烨
又一双童年的瞳仁，又一双青春的憧憬

时间的零度，从眨眼重新开始
不再初始的时间，老了，死了

空间的零度，在眼睫重新展开
不再延展的空间，崩溃了，坠落了

只要有一双眼睛在闪烁
就不曾有逝者，逝者的目光

千年的瞩望，千年的回眸
在孤独的眼内，一瞬一瞥

因为看见的看不见，盲目
因为看不见的看见，极目

是火也是水，目光，目光
回到火，长河流转的太阳

是水也是火，眼波，眼波
回到水，太阳运转的长河

眼睛　太阳

而太阳等来莫奈的早晨
改变了太阳下的颜色，甚至阳光
因为他改变了自己的眼睛

而雷诺阿的眼睛，返照女性人体
阳光流艳的华丽与华贵
那性感的光谱，色韵的音阶

而凡·高的眼睛环顾成近日的赤道

不在他人的光下也就不在他人的影下
孤独，他是自己日出本土的浮世绘

他的 14 朵向日葵，不能再多一朵
明丽得遮蔽几代人的太阳和眼睛
他怒潮到涨破天空的星夜

幽蓝的旋转，喧嚣，碰击
渴求着撞沉今宵的喜悦
他最后的麦地也不近黄昏

抗拒怒卷的暗云，麦芒与光芒一色
浓墨乱点的鸦群，仿佛太阳黑子
自焚自明的黑色的火炬

而曼德尔斯塔姆的黑夜太长了
眼睛，望不穿黑夜的星辰
一双双落进了黑夜，加深了黑夜

嵌在黑夜边上，眼眶延展黑夜的边界
面对生命的毁灭，他们悲悼
教堂白银祭器的词语，自雪

而一个世纪留下最多的
坟墓，纪念碑，亡灵牌位
任何人也不能减去哪怕一个死亡符号

跨过世纪，从渐渐下沉的地带
高高低低，挣扎出 2711 座铅灰色墓碑
支撑坍塌在眼睛里的天空和土地

而有多少破裂的眼睛就有多少破碎的太阳
在破裂的眼睛后面，没有谁在看
在破碎的太阳前面，不在看什么

衰变了，在多孔多瞳多影的眼睛里

太阳碎片，太阳下的变形、错位与倒置

我是什么眼神？问太阳还是问眼睛？

一稿　2001

二稿　2011

乐善桥 并序

邛崃山间，白沫江从天台山近天的峰顶流下，流进岷江流进长江。

二月三月，春潮的白沫，一江玉碎的水花，似流动的霜，漫野的白露，溅洒的梨花雪霰。

流过平落古镇。赭红砂石乐善桥卧在江上，等他，80多年了。清朝早已从桥上走过。从东桥头朝上游，13株古老的黄角树排列在岸边，仪仗一样的，一株一重笼罩江笼罩岸的葱郁，葱郁掩映着葱郁，桥，便浮现在这13重掩映中。等他，桥在引着，而树在隐着。再从东岸往西岸，桥面的新月弧线缓缓抛着，抛过八百尺，九百尺，一千尺，与桥下7孔桥拱的心形抛线，连连，断断，好像有什么藏了一半，又好像有什么露了一半。

1937年夏历8月14日，乐善桥上游，东岸，在第二株黄角树后临江的一户民居里，一个男孩出生了。除了年年将圆的未圆月，一个永远没有最后完成的先兆，好像并不是在回应什么的呼唤。

洪渊，谁第一个叫出这个名字？他出生的时候，父亲在国民党的成都监狱，不满周岁，父亲已经远在太行山抗日根据地。他的童年父亲不在场。

他在白沫江水声中成长，在桥畔成长。

6年，他的母亲也退场了。听说，她是那个年代的平落镇花（虽然儿子没有看见过母亲美丽的少女时代）。也许是一个高过乐善桥的秘密虚构，以生命的名义驱动两个同乡的同龄人同时走过她的面前，并且以历史的名义同时规定了他们别无选择的角色。他们一个是四川大学学生，地下党员，另一个是黄埔军校学员。她与他们来同祭一个时代之殇：为她，在他和他对决的残损历史里，是她为他和他残损的生命。戏剧无形的幕起落着，当一个北上，在敌后6年无音地淡出，另一个从前线有声地南回。像是演员的舞台换位，他们，一个出场的时候是另一个离场的时候，一个缺位的时候是另一个归位的时候。她有了第二个家庭，两个同样破缺的家庭。

6岁，他跟从祖母，而不跟从母亲。为什么？成年后，他不断追问自己。但是没有人问过他，一个没有母亲怀抱也没有父亲肩膀的男孩，怎样非弗洛伊德地长大？

好像是一个秋寒袭人的日子，他跟随祖父、祖母走过乐善桥，回到西岸的大碑山中。

不到两年，祖父去世。祖父身后是71岁加7岁的遗孤。带着祖父的遗愿和遗产，他到县城三姑母家寄居上学。四年，等到三姑母败落了自己的家产，连同败落了祖父遗留给他的家业，甚至暗算卖他去学徒，他又跟从谁？

10岁，他跟随祖母走过乐善桥，第二次还山。

他的 70 岁和 10 岁相遇在桥上

是一座走不尽的桥
他的 70 岁和 10 岁相遇在桥上
70 岁迈着 10 岁的脚步，10 岁的眼睛
在 70 岁的目光里眺望和回望

西岸的山路，石阶，石阶，石阶
上，下，80 岁，6 岁，70 岁
他的第一声脚步，踩响空山
踩响了自己前前后后的年年月月

是 10 岁的脚步向后踩响了 6 岁的脚步声
是 6 岁的脚步声向前踩响了 10 岁的脚步
没有送别，守候，和相逢
只有自己的脚步声跟踪自己的脚步

不管走到哪里，走了多远
也走不出遗落在邛崃山中的脚步声
路，谛听着他的来去
在上一阵脚步声与下一阵脚步声之间

无数的山峰耸峙在这里，为了守护
他的 6 岁，未名的空阔
一个词语前的日暮，一个
没有被悲凉悲伤悲恸叫出叫破的日暮

落日要沉，在最红丽的一刹
落向他，一个幼小的孤独
熔进暮色，熔进
天际，一轮旷世的孤绝

天空沉没了，群山
一山推倒一山，倒下

在同一个高度，沉浮

这一个落日——他的第一次日出

是 6 岁的落日碰亮 10 岁的黄昏

是 10 岁的黄昏碰亮 6 岁的落日

同一个落日印在他的每一个黄昏

一天照映每一天，每一天叠映在一天

是一桥走长了的路

长过白沫江水流的雪霰，白露，和霜

在邛崃山间传响的脚步声里

在邛崃山间的晚照下

很少有哪一个少女的身姿

不被乐善桥曲线无情解构

6 岁走过，10 岁走过

他在桥上停步，回步，重温什么
那是偎在桥栏臂弯的感觉？
那是依在桥栏怀抱的感觉？
一条温暖在石头上的线

偎依，母腹内的记忆
婴儿期的第一个姿势
他偎依着、呼吸着、吮吸着的曲线
动脉一样流动在自己身上
没有臂弯里的童年，怀抱里的童年
在石头的桥栏，他寻找回自己
第一个姿势，生命展开的第一条线

他在成长，桥线在延长
同一条偎依拥抱的线在成长与延长
正像偎依与拥抱是一个姿势的两面
从偎依到拥抱不过是一次转身
也就是面向与背向的不断转向

在转身、半转身、转身与半转身之间

从第一个主动姿势，偎依

到第二个主动姿势，拥抱

似乎看不出多少形体的差异，动作的难度

——祝福偎依中拥抱中的人

偎依吧，拥抱吧，偎依拥抱与拥抱偎依吧

浮动在白沫江上的桥线，水线

他的第一个美学符号

江水流多远，桥线就有多长

不论从近旁从远方，在他的视域

如果站在桥上，很少有哪一个少女的

身姿，不被乐善桥曲线无情地解构

无论多少 S 都同样危险

美丽的，敢不敢接受白沫江邀请

走过他的桥上，或者桥畔?

也许白沫江桥在等你，你走来

桥线，水线，又一次因你改变
邛崃山中的落照反照在江间

在桥上转过身
让路去踌躇，去歧途，去陌路

他 70 岁迈着 10 岁的脚步，10 岁的眼睛
在 70 岁的目光里眺望和回望
桥上的范儿太多。他走过去了
没有在谁的肩旁留下，静听水声远去
再多一分惆怅，多一个伤逝者？
水去了，人去了，连桥都已经
被伤逝被惆怅到去伤逝去惆怅了，连桥

走过去，没有在谁呐喊声歇的时候
继续他的呐喊，在桥上
呐喊，没有回声。只有自己对自己呐喊

喊不低天空，喊不落太阳，喊不断流水
喊不停云喊不倒桥喊不沉船
那就喊老自己的面容喊尽自己的岁月
直到，喊掉自己也喊掉呐喊

或者停下来，在谁离去的地方
驻足，回首。无言地沉思
已经有很多的很多的人被这个姿势
摆在路上摆在桥上，再被摆出一次？
最好，也选在雨天，逆光
自己遮住了自己的脸面
　　　眼神和嘴角的含意
一种藏匿中的显露
只剩下一副衣衫说：人在别处

这到底是一种疲乏，倦怠
无形陷落中的无语的认同
还是一种出离，逃离

苍茫独立中的遗世的孤寂

冷色的，一袭风衣垂地

风露下面是风露，风露上面还是风露

当后尘不过是前尘的继续

在那一刻，前瞻和回顾互相取消了

来路和去路也相对逆转了方向。人呢？

不管是家园假设了流浪

还是流浪假设了家园

无家的流浪变成在路上的失踪

这一代不为祖先守陵

却不能不为自己招魂的现代人

不要再问：从哪里来，到哪里去

应当开始问：是家园追踪着漂泊

还是漂泊寻找着家园？找回自己

自己就是自己漂泊的家园和流浪的地址

在桥上，当浪游人转过身

让路去踌躇，去歧途，去陌路

去为承受不起的沉重和沉痛喘息呻吟

由失去家园的古典流浪

到找回自己的现代逃亡

最终颠倒了人和路，并且最后解放了人

邛崃山中的脚步声在他身前身后击响

2010 年

词语化石

1988年，在《我的三个文学世纪》中有一个片段："直到今天，那些烧成灰烬的诗题仍然在闪烁：1967年的《我悲怆地望着我们这一代人》，1968年的《幽燕行》，1971年的《致萨哈罗夫》，1972年的《黄昏未名湖》，1973年的《登月》，1974年的《明十三陵》，1976年的《清明祭》。"

扔进火中的还有，1969年的《红卫兵》，1970年的《彗星》，1975年的《青铜时代》。

那是我逐年写作的编年组诗《1966—1976》。

1966年的《北京古司天台下》，意外地遗忘在一本旧版书里。

1970年的《彗星》重写成1980年的《彗星》，阴郁没有变成苍郁，还多少带着忧郁。

1973年的《登月》重写成1985年的《最后的月亮》，同一主题的变奏。

1975年的《青铜时代》重写成1985年的《青铜时代》，一篇败笔。

1976年的《清明祭》重写成1979年的《清明祭》，掩饰了彷徨，但是掩饰不住怯懦。

只有1976年的《黑陶罐里清莹的希望》，一直在我的口中回响。

一些没有在火中成烟成灰的词语，化石一样重现在我90年代的随笔中。

在自然博物馆，我看见过用石膏镶嵌化石还原的恐龙。我能不能够也用今天的词语镶嵌昨天的词语化石还原，但是还原什么？

我知道恐龙是史前巨兽。高僧才有舍利子。我也有词语化石？允许我在修辞上假装狂傲一次。

1967

我悲怆地望着我们这一代人

Печально я гляжу на наше поколенье

Печально я гляжу на наше поколенье!
Его грядущее — иль пусто, иль темно.
Меж тем, под бременем познанья и сомненья,
В бездействии состарится оно.

М.Ю.Лермонтов 《Дума》

我悲怆地望着我们这一代人
虽然没有一个人转身回望我的悲怆
我走过弯下腰的长街，屈膝跪地的校园
走过一个个低垂着头颅的广场
我逃避，不再有逃遁的角落

斗人的惊怵，被人斗的惶怵

观斗者，斗人与被人斗的惊怵与惶怵

不给我第四种选择，第四个角色

跪下了，昆仑已经低矮

黄河，在屈折的腰膝曲折流过

为太阳作一份阳光的证明

我们生来有罪了，因为天赐

自诩的才思，灵慧，自炫的美丽

不是被废的残暴就是自残的残忍

残酷，却从来没有主语

谁也不曾有等待枪杀的期许

庄严走尽辞世的一步，高贵赴死

不被流徙的自我放逐

不被监禁的自我囚徒

不被行刑的自我掩埋

在阳光下，跪倒成一代人的葬仪
掩埋尽自己的天性，天赋和天姿
无坟，无陵，无碑铭无墓志
没有留下未来的遗嘱
也没有留下过去的遗址

去王，依旧是跪在王庭丹墀的膝
去神依旧是，去圣依旧是
顶礼神圣的头，躬行神圣词语的身体
100 年，这就是我们
完成了历史内容的生命姿势？

不能在地狱门前，思想的头颅
重压着双肩，不惜压沉脚下的土地
踯躅在人的门口，那就自塑
这一座低首、折腰、跪膝的遗像
耻辱年代最后的自赎

也不能继续英雄断头了

尽管我仍然无力在他们落地的头上

站立，那不再低下的尊严

从第一次用脚到第二次用头

站起，我的 19 世纪没有走完

我的头没有站立就偏侧倾斜

在 20 世纪的枪外炮外，一个人的战场

头对心的征服与心对头的叛乱

二千年的思想，没有照亮黑暗的身体

重新照亮思想的却是身体的黑暗

第三次了，假如在我的身上

有 19 世纪的头和 20 世纪的心

假如一天，我同时走出二个世纪

用头站立——在历史上

用心站立——在今天

一稿　1967

二稿　2007

1972

黄昏未名湖

红卫兵甚至改变了太阳的名字
只剩下这一湖未名的水，未名的涟漪
我来守候湖上一个无人称的黄昏
直到暮色，从湖心沉落塔影和我的面影

在看不见面容的时候，面对自己
一个逃离不出自己的人
不敢失踪不敢隐形不敢匿名
尤其不敢拒绝和放弃

我侧身走过同代人的身边
半遮蔽自己的面貌和身姿
畏惧自己嘴角的轻蔑，眉间的怀疑
畏惧哪怕一瞬稍纵高傲的眼神

守候在湖上，一双映出我的眼睛
一双眸子的颜色改变天色的眼睛
那是红卫兵不能红变的眼色
那是两湖未名的夜光，未名的晨曦

是爱的绝对命令，她
以身体的语法和身体的词法
给我的名词第一次命名
动词第一推动，形容词第一形容

在禁地外，禁锢外，禁忌外
她是不容许被改写的天传文本
红卫兵的名词无名，动词不动
形容词失去形容，失尽形容

湖上，洞庭波远潇湘水长
娥皇，女英，是神
巫山云，雾，雨的瑶姬

和洛水流韵的宓妃，是半神

隐舟在五湖烟波，西施
多一半是个体之上的家和国
一切从她的眼睛，波去，雨去，烟去
她第一个是人间的，个人的

自己给出自己生命意义的
我又多么愿意长映在她清滢的眼里
从我天骄的风姿，风华，风仪
到天成的人格，天纵锋芒的词语

红卫兵以红太阳的名义
却走不近一泓照人的湖水
我守住满湖未名的涟漪，和她
等待我命名的眼波，守住自己

一稿　1972
二稿　2012

第二辑

还是那个太阳

一个没有明天的黄昏，不是前夜

在同一个太阳下，欧洲『一』法的历史与明天的『十』法

在同一个太阳下，同样写进《圣经》《古兰经》的词语与记忆

在同一个太阳下，由宇宙年龄的地球到人生岁月的地球

世纪日食：假如工具理性的头颅遮断了阳光

一个没有明天的黄昏，不是前夜

有多少双眼睛延长了那个黄昏？

1991年12月25日的落日落下了克里姆林宫上空的那一面红旗，一片最后的落霞。

落下了，一次没有开始的结束。向往千年的"明天"过早失落了，到黄昏，再无人守候黎明。俄罗斯有暮色连着曙色的白夜，还要有回到昨天的明天。还有多少双眼睛在延长那个黄昏？

无尽的暮霭。

连萨哈罗夫院士也没有或者不愿走出那个黄昏。20 世纪 70 年代，在一个又一个 11 月 7 日风雪的夜晚，萨哈罗夫年年孤独一人肃立在莫斯科普希金广场。静静的雪地重叠了他和普希金铜像的身影。普希金几乎就是自由俄罗斯的一个召唤词。我的名声将传遍整个伟大的俄罗斯，它现存的一切语言，都将传诵我的名字，无论是骄傲的斯拉夫子孙，是芬兰人，以及现在还是野蛮的通古斯人，和草原上的朋友——卡尔美克人。但是铜像下的萨哈罗夫是一个沉默的回答。俄罗斯雪祭，映过十二月党人的绞刑架，映过向西流亡与向东流放的路，也把萨哈罗夫孤零零的广场映在自己的白色雪史中。

俄罗斯听到了萨哈罗夫氢弹的爆炸和他无声的愤怒。不过，无论是前期萨哈罗夫的政治物理学还是后期萨哈罗夫的物理政治学，都不属于"明天"。消失就消失在黄昏的朦胧里吧，何必不到黎明，消失在暧昧时辰的暧昧人影里。守着黄昏的萨哈罗夫离谁最近？

曼德尔施塔姆也一直生活在果戈理背后的黑夜里，黑夜太长了，以致他有一双被嵌入黑夜的眼睛。眼睛，一双双望不破黑夜的星辰，落进了黑夜，加深了黑夜，甚至，嵌进黑夜——他的眼眶成了黑夜延展的新边界。

黑夜和地狱是一种颜色。古米廖夫、曼德尔施塔姆和阿赫玛托娃注定是生来重读《神曲》也重写《神曲》的。他们在俄语中找到了"但丁的语言"。他们俄语的Дант（但丁）就是Я（我），除了斯大林，大概没有第二个人不叹赏他们这一个世纪性的人称代词。"但丁的俄语"是他们的独白，对话，询问，引言，转述，插入语和应答的肯定词与否定词，尤其是突然映照他们一个个相同字词的千年互文。曼德尔施塔姆的《论词语的本质》引古米廖夫的《词语》为题辞，阿赫玛托娃的《关于但丁的演讲》又是曼德尔施塔姆《关于但丁的谈话》的尾注——他们的词语与词语互相碰响，擦亮，一个语言冷辉照人的"白银时代"，与雪同色。囚禁，流放，处决，他们的语言都拒绝再增加一个愤怒词，仇恨词，诅咒词。出于人的高贵和高尚，他们宁肯把地狱改写成炼狱，把苦难改写成受难，把牺牲改写成祭献，他们面对生命的毁灭是悲悼：曼德尔施塔姆和阿赫玛托娃悲悼古米廖夫。阿赫玛托娃悲悼曼德尔施塔姆。阿赫玛托娃之后，他们银灿灿的词语，就是教堂的白银祭器，悲悼。

而且，欧洲所有的语言，都把他们"但丁的俄语"听成了某种文化的乡音。虽然遥远，但是欧洲没有断裂，俄罗斯也没有陆沉，但丁在，以 Дант 为第一人称的白银语言仅仅是暂时沦陷的文化遗民的语言。

把眼睛嵌在黑夜边上，如果有明天，那就是离第一线晨曦最近的地方了。1933 年，列宁格勒，阿赫玛托娃在曼德尔施塔姆面前吟诵《神曲·炼狱第 30 歌·贝雅特丽奇现身》，曼德尔施塔姆的回答是两眼泪水。1965 年，莫斯科，只孑遗下阿赫玛托娃一个人了，她在但丁 700 周年诞辰纪念晚会上仍然憧憬贝雅特丽奇再临的日出。贝雅特丽奇出现在晨光与天使们"满手分送百合花"的花雨里，她的身姿使与青天一色的橄榄叶冠、白色面纱、绿色披风和火焰红长裙成为生命的图案：信仰，希望，挚爱。可惜，地狱过去了，炼狱也过去了，无人守候黎明，也没有贝雅特丽奇的降临日。谁还站立在全世界的面前？曼德尔施塔姆们早已把自己的眼睛嵌进黑夜，好像是为了不俯视今天嵌满天堂什么也不眺望的眼睛。

可能只有帕斯捷尔纳克瓦雷金诺黄昏后，远远弥漫到戈尔巴乔夫日暮。帕斯捷尔纳克的日瓦戈站在门廊的台阶上，目送拉拉的雪橇远去。远方，从旷野开阔的雪地，雪橇飞驰过斜阳余晖的一刻，拉拉就是他的斜阳，更远，到峡谷那边雪原尽头蓝色的雪线，绛紫色落日沉下和雪橇一闪即逝的一瞬，拉拉就使他的落日。晚霞洒在雪地上的紫红色光点渐渐黯淡成蒙蒙的暮色，像是拉拉迷茫的回眸，仿佛还近在眼前，却已经远在天际。日瓦戈对映在自己身上的晚霞说，**谢谢，用不着照我**，他惆怅的目光也断在天边。**Ла Ла!**

那个帕斯捷尔纳克的夏娃，像是几千年的最后怀念与最初的悼念，在一个末日还原了她创世的诱惑。在一个末世，曹雪芹从一个少男的眼里看到了一代少女，在另一个末世，帕斯捷尔纳克从一代少男的眼里看到了一个少女。拉拉！一个世纪的惊疑需要她的眼神。一个世纪的怨诉需要她的嘴唇。一个世纪苦痛的全部主题需要书写在她的脸上。最主要的，一代同龄少男的青春需要她16岁少女"大胆的体态"。她是同代男孩眼里的第一个女孩，而且，她一走进他们的视线也就永远遮住了其他的女孩。他们也用自己最高的天赋回报她的美丽：一个以使徒一样殉难的狂热，另一个以在铁与血后尚存的柔情，第三个以逃避或者抗拒乱世的审美的自赎。

拉拉的天性是要叫出大地上所有事物的名称，但是，她和"革命"的安季波夫、"反革命"的加利乌林以及由彷徨在两者之间到挣扎在两者之外的日瓦戈，都为读懂书本上的词语耗竭了一生，直到被写进同一本历史书的同一行字：世纪梦的幻灭和美的毁灭，他们见证。

帕斯捷尔纳克的瓦雷金诺惜别也是瓦雷金诺期待。所以他把《日瓦戈医生》的尾声写成《战争与和平》尾声的续篇。不过，尽管1945年柏林凯旋的一代也像1812年巴黎凯旋的一代一样，来瞻望"明天"，毕竟20世纪50年代重复的19世纪20年代的"明天"，早已是"昨天"。其实帕斯捷尔纳克对托尔斯泰的重复叙述，也就是20世纪俄罗斯对19世纪俄罗斯的重复叙述。

没有明天的一代——不管是抛弃了明天，还是被明天抛弃了。也许等到第5代或者第7代的拉拉出现在一代少男地平线上的那一天，等到她用自己的词语重新叫出大地上所有事物名称的那一天，才是明天？

至少一个没有明天的黄昏，不是前夜。

在同一个太阳下，
欧洲 "–" 法的历史与明天的 "+" 法

还是那个太阳，还是太阳下历史编年的重复叙事。

从2000年《京都议定书》拒签，布什的英语说"不"，希拉克的法语、施罗德的德语和普京的俄语说"是"不再是一个肯定词，到2003年出兵伊拉克，布什的英语说"是"，希拉克的法语、施罗德的德语和普京的俄语说"不"也不再是一个否定词，或许帝国偏移了，一个由美国英语表示肯定与否定的时代已经开始。

亚历山大大帝的古希腊语和征服者恺撒的罗马拉丁语，都不曾有过这种话语霸权。

隔着大西洋，布什的英语重新叫响了戴高乐的法语。**欧洲人的欧洲。从大西洋到乌拉尔的欧洲。**戴高乐是第一个说出这句话而且几十次重说这句话的欧洲人。戴高乐的加法，一个同欧洲一样大的想象，也是一个同欧洲一样大的真实。

在欧洲，一个战争的世纪，既然是从塞尔维亚人的第一枪开始，也好像一定要等塞尔维亚人的最后几枪才结束。枪声零落了，欧洲的政治家们似乎仍然走不出"版图"、"国界"、"占领区"等等词语的边界。他们的政治数学也一直停留在初等的"－"法和"÷"法上。他们在用减法分割过奥匈帝国、用除法分裂过德国之后，又让南斯拉夫联盟在连续的减法中解体。

这是欧洲最后的减法？当欧洲就是世界的时候，他们尽可以在十年战争、七十年战争、一百年战争中减下去。现在，世界已经远在欧洲之外，再减就将减到零。

加法的欧洲。其实，莱茵河的水，阿尔卑斯山的雪，地中海岸的阳光，等等，从来不问什么加与减。况且哥白尼的太阳，牛顿的地球轨道，还有爱因斯坦不可分隔的时空，也没有给欧洲带来多少共同的珍惜、珍爱与珍重。甚至连欧洲精神的许多共名，诸如堂吉诃德挽歌，浮士德梦想，哈姆雷特追问，以及改变了他们耳朵的贝多芬音乐和改变了他们眼睛的凡·高色彩，也都不曾完成一次文化的加法。

仍然是平衡、均势的帝国力学，需要一个横跨大西洋的等式：51州的美利坚合众国与欧盟宪章的欧洲等式。

其实加法不过是减法的还原。也许像历史欧洲的减法从来减不尽一样，欧洲明天的加法也永远加不完。

法德的大陆轴心。

英国，海涛中的岛屿，好像离大西洋的美洲岸近，离大西洋的欧洲岸远。你要知道，当我必须在欧洲和海洋之间作出选择时，我总是选择海洋的。战时，丘吉尔不止一次对戴高乐说过。那自然是一种能够改变海洋的英国岛屿，也自然是一种需要大陆改变的英国距离。

还要加上乌拉尔山东麓与西麓的俄罗斯。大西洋的欧洲也从俄罗斯的太平洋岸，与北美大陆等距离相望。

俄罗斯又回到自己的双头鹰下，虽然它曾随尼古拉二世的皇冠坠地。从拜占庭灭亡的废墟上飞来的双头鹰，一头是拜占庭，一头是罗马。

回到彼得堡，拍岸的波罗的海依旧，守望的青铜骑士依旧。这是天意开启的一扇窗口，我们从这里瞭望欧洲。其实，岂止是窗，又岂止是望？即使是门户也远远不够了。俄罗斯需要有自己伸向大西洋的海岸线。彼得一世之所以敢冒险在瑞典大炮的射程内，在涅瓦河口的沼泽地，兴建帝国的新都，因为他的脚下必须有一个千帆待发的港和一座不容许攻陷的城。

彼得一世知道，由拜占庭到罗马不仅远隔着空间，更远隔着时间。他用漫游西欧的几千里路程走过了西欧的几百年岁月。1717 年，巴黎索邦修道院，他在拥抱红衣主教黎塞留的半身铜像时大声说，*我宁愿舍弃我的一半国土，为了让他教会我怎样统治国土的另一半*。一个著名的彼得一世减式。俄国的一半等于多少？彼得一世谦恭的俄国减法还原了黎塞留主教法国野心的加法。

对彼得一世的减法，先是拿破仑的法国，后来是希特勒的德国，都进行过同样没有结果的逆运算。如果说拿破仑在俄罗斯冰雪中的溃败完成了他在埃及骄阳下的远征，并且以放逐巴黎结束了他的巴黎凯旋，那么希特勒只不过漫画式重复了毁灭罢了——而从巴黎回师的路上，走回了1825年12月14日参政院广场起义的近卫军，从柏林回师的路上，又走回了1991年12月25日降下红场上最后一面红旗的一代。俄罗斯越过拜占庭走回罗马的路竟然是反向的。罗马还在远方。

太阳正年轻，加减重复的历史已经老了。

数学的逻辑不会停止，何况彼得一世并不仅仅追随普鲁士的步兵操典与巴黎芭蕾的脚尖。俄语，在拜占庭的基利尔希腊字母表之后，彼得一世敕令，希腊语的词语、拉丁语的词语直接成为俄语的词语。这是希腊拉丁化之后的斯拉夫化。

改变了俄语也就改变了俄罗斯和俄罗斯人。从那时起，汹涌在法语、德语、英语、意大利语中的思潮，无须过渡，也随波在俄语中澎湃，哪怕在拉丁诸语中是早潮，到俄语已经是晚潮，哪怕晚了一代人，二代人，甚至三代人。经历了尼古拉一世监禁、流放、绞刑的三十年，在俄罗斯，恐怕也只有俄语的词语没有改变自己的性、数和格。

甚至不是隔岸潮声。1827年，赫尔岑和奥迦辽夫在莫斯科燕雀山发出了他们少年的"汉尼拔誓言"。1836年，恰达耶夫的《哲学书简》是俄语的黑格尔和谢林，斯宾诺莎和笛卡儿，是俄罗斯黎明的消息，或者黎明不再到来的通知。30—40年代，在斯坦凯维奇—别林斯基小组的哲学、文学聚会上，每一个震响过巴黎的法语词语，又一次一次听到了震响莫斯科的俄语回声。那是一场场语言的狂欢。像巴纳耶夫回忆的那样，谁也没有料到，这是青春的最后欢宴，是对最美好的前半生的送别，没有料到我们每个人已站在一条边界线上，在边界的那一边，等待我们的是失望，是同友人的分歧，是各奔东西和预期之外的长别离，以及过早逼近的坟墓……虽然莫斯科小组的"落日时分"也同样冥蒙，虽然人散了，人去了，但是那些带着几代人呼吸、心跳和体温的词语，在他们的别离之外，歧路之外，坟墓之外，甚至失败和背叛之外。

过去了一百年。即使布罗茨基流亡异域，也仍然流浪在俄罗斯语言的词语间，流浪在俄罗斯语言的故土。他走不出俄语的边界。语言起初是他的剑，接着成为他的盾，最终变成他的宇宙舱，那永远抛出而不回收的宇宙舱。异乡，外太空般的绝对孤寂，一条不归路，并且永远没有到达，布罗茨基庆幸还有最后守住他的宇宙舱——母语舱。

波罗的海两岸相对，布罗茨基从彼得堡眺望斯德哥尔摩，又从斯德哥尔摩回望彼得堡。眺望与回望同一条波动在天海之间的水平线，布罗茨基的俄语与瑞典语对话，斯拉夫语与拉丁语对话。我们呼吸相同的空气，品尝同一种鱼，被同一场——有时被放射元素污染的——雨淋湿，在同一个大海里游泳，看惯了同一种针叶林。由于风向不同，或者我看到的云先已被你看过，或者你凝望的云已先飘过我眼前。同风，同云，同雨，同海洋，同样开阔的襟怀和视野，最重要的，同一个希腊文化母语和故乡，同，加法，甚至已经是乘法了。

在每一条地平线或者水平线上，既然是数学，为什么不演算下去，不继续求出法兰西的艺术狂想、德意志的哲学思辨、俄罗斯灵魂拷问的自审意识，以及西班牙的激情和意大利的风情——种种天资天禀的相加之和，相乘之积，直至完成托尔斯泰历史微积分学的某种方程？为什么不？

假定这样，那么在年轻的太阳下，岁月还小，时间还小。

在同一个太阳下，
同样写进《圣经》《古兰经》的词语与记忆

巴勒斯坦人的太阳，又一次撞碎在耶路撒冷阿克萨清真远寺的台阶上。2000 年 9 月 28 日，以色列士兵开枪射杀在清真寺门前站成人墙的穆斯林，台阶上台阶下的一汪汪血泊疑似他们太阳的碎片。

那么以色列人的太阳完整吗？至少，每天从以色列士兵枪口上升起的太阳，也往往缠着黑纱为自己的儿女送葬。他们的阳光照不干耶路撒冷犹太所罗门圣殿遗址"哭墙"上的泪痕。

在耶路撒冷，在清真远寺台阶与犹太圣殿哭墙之间，虽然近到容不下一条国界，却近到能够举枪射击的距离。

巴勒斯坦，**法利赛人的家园**之后，在希伯来语中是家园，在阿拉伯语中也是家园。巴勒斯坦是《圣经》的篇章，也是《古兰经》的篇章。与希伯来文的加沙、约旦河、西奈山写进《圣经》也就永远写进以色列人的民族记忆一样，阿拉伯文的穆罕默德耶路撒冷宵行，一个真主天启的新月之夜，写进《古兰经》也就永远写进了巴勒斯坦人的民族记忆。而且，直到今天，巴勒斯坦人麦加朝觐穿越加沙的路和以色列人远望西奈山的视野，仍然重叠在这片土地上。

大概离天最近的地方也就是最深地陷落在苦难里的地

方。来到这里，摩西叫出耶路撒冷，*安宁之所*，麦基洗德叫出耶路撒利姆，*和平之城*，与其说是一个祝词，不如说是一声千年的祈语。地球似乎并非从现在开始变小。既然在历史上，三种教义的一块圣地，用那么多十字架下的坟墓和新月下的坟墓都不能埋葬哪怕一分仇恨，那么到今天，一座都城的两个国家，又岂能分享完整的安宁与和平。三种宗教的无形板块，如此重合、挤压、碰撞和断裂在地中海东岸这片大沙漠边缘的袒露地带，远比有形的大陆漂移神秘。

这不过是无尽重复中的又一次重复。现代巴勒斯坦重复的死亡叙述，已经远比古代巴格达逃避死亡的一千零一夜叙述长。还要长过零一千夜，零二千夜？巴勒斯坦升起来的还是那个太阳，谁该流徙到另一个更加荒凉的星球上去？

犹太民族终于走过了1938年，走过了奥斯威辛——现代的"巴比伦之囚"。但是重写纪元前《出埃及记》的以色列人，没有诞生第二个摩西。

没有摩西，还有上帝的选民吗？大迁徙的尽头是还乡。

出西奈山，出加沙，出约旦河……出，即使是以色列人最早到达的地方，也从来是异乡，而流散的以色列人归来，他们往日的漂泊地又早已是他乡。既然头颅高高靠近上帝，也不能救赎脚下的苦难，既然天国辽远的边界，甚至抵偿不了国界守护的一隅平安，一个世世代代排列在通向神的台阶上的民族，现在，排列在通向生或者死的战壕里。而且，以色列人，既然在散居混居中始终保持着自己的民族一体性，始终没有改变自己天聪的灵智与抗拒厄运的民族性格，当他们重新定居聚居的时候，如果不是无敌的，至少也是无惧的。到底是什么破灭了，毁灭了？第一次放弃希腊人性的瑰丽，还要第二次放弃希伯来神性的天慧？正是摩西选定犹太民族是神圣的，并决定了他们千百年来的命运。犹太人不断强使自己增大本能性放弃，因此达到了——至少是在教义和戒律上达到了——古代其他民族甚至不曾接近的伦理高度。摩西神启的高度。但是，走不出自己，以色列人终究由摩西五卷书上的历史—文化空间退回伯利恒—耶路撒冷的地缘空间，不管是一个站立在《圣经》上的民族，选择倒在战场上，还是一个生在摩西语言里的民族，宁愿活在大炮、火箭和导弹的语言里。

以色列人停下来了，哪怕因为不堪的重负，他们停在哪里哪里的土地就塌陷，他们也停下来了。

可是再也找不到书写《出巴勒斯坦记》的地方了。巴勒斯坦人到哪里去？处处都一遍又一遍写满了历史。依旧是部落游牧的继续，争夺狩猎地的继续。所谓新大陆，在被叫作一个欧洲姓氏America的瞬间就已经是旧大陆了。凡人类到达的都是旧大陆。即使是第一代欧洲的移民和非洲的奴隶，也不过是去复制第二个欧洲罢了。他们的New York、New Jersy、New Orleans……对一些人是异域的故土，对另一些人是家园的乡愁。而对巴勒斯坦人来说，没有第二个阳光、棕榈、地中海风和新月的巴勒斯坦，何况并没有为他们准备第八大陆。

巴勒斯坦人只剩下身体的盾牌。冷兵器的对决之后，文明用枪弹炮弹导弹把谋杀和死亡推向看不见的远方的距离，被巴勒斯坦的人体袭击还原回零。20世纪引爆核——21世纪接着引爆生命。里根与戈尔巴乔夫终于微笑着签字，他们彼此只保留可以摧毁地球十几次的热核装置数目就够了。巴勒斯坦与以色列的跨世纪谈判却似乎一直找不到人体炸弹装置的限额。曾经有过改变历史的英雄断头，落马，刀剑坠地，但是，巴勒斯坦人甚至决绝到不留下名字，面影，遗言，一句话，不留下任何人称的叙述给历史的虚构。生命不过是一个死亡装置。当自杀的残忍在对抗屠杀的残暴，残酷是没有主语的，而且，回答巴勒斯坦，残缺的世界连愤慨，连挽泣，甚至连那一声人间怎么还会有音乐的叹息，都已丧失。太阳正年轻，生命这么早就已经老了？

装置。我们装置着世界，世界也同时装置了我们。在巴勒斯坦"人体的死亡装置"面前，我们从装置摇篮和童话到装置坟墓和陵园的一切装置，装置在史册在纪念碑，在刑场在战场，在经卷在金粉，在山在水在田园……都已解体。

好像杜尚也在等待，人体的死亡装置总算完成了从他开始的装置艺术的最后装置。在杜尚后的物与废物的世界，谁又能够区别艺术品与非艺术品？假如艺术依旧意味着解救或者解放，那么物与废物装置的艺术恰恰在于与非艺术装置的物与废物的混同：因为不到物与废物淹埋尽世界和人，这一装置与被装置的宿命就不会终止。

萨尔瓦多·达利也不得不为了逃离一种装置而进入另一种装置，例如，进入他在默尔瑞斯饭店一套豪华客房的自我装置。壁炉架上，一个西班牙末代君王阿方塞十三世头像的铜面具，半侧面，斜睨着走过他面前的每一张隐藏在无形面具后面的脸。靠近镜子，两边，一具篦鹭骨架和一条响尾蛇骨架，与不时映在镜面的女性乳、腰、臀、腿的诱人曲线重叠。加上光、色、投影、变形的怪异，人们仿佛置身在种种梦幻般圆形、椭圆形的镜面前，镜象一样沉落在无底的深度中。动感，是一只迷人而又令人畏惧的套着口罩的美洲野猫，它不停地从一个房间窜游到另一个房间，一再打乱打断谈话的语序和逻辑，整个房间也好像随着它行星一样飘过远方的星座。来访者阿兰·鲍斯克特，一走进达利的房间就进入堂吉诃德大战风车的狂想。最可疑的是主人达利也客体化为一种符号，不管是装饰青铜面具、骨架、美洲猫和女性乳腰臀腿的符号，还是青铜面具、骨架、美洲猫和女性乳腰臀腿装饰的符号，尴尬是一样的。

其实，早有凡·高油画的空椅子，那是逃离装置的装置，缺席的现场或者在场的空位。就在父亲的书房，凡·高面对过父亲的遗体，四壁的书箱，和一把从此"虚位"的椅子。在狄更斯的书房，狄更斯小说的插图画家洛克·菲尔茨也曾面对过一把永远"缺席"的椅子。死亡的空位，*空椅子，这世上有许多空椅子，将来还会更多……*空，甚至没有一把留住了不时的风、雨和喜欢在四周徘徊的季节。不过，既然椅子上坐下过多样的人生，而且坐得太久，椅子为什么不空掉他们（她们），为什么不自己望尽一个一个落日，并且靠在火炉旁，半垂下自己的白发拂掉远山的叠雪，开始第二种记忆，或者干脆空掉自己？

有一把凡·高的空椅子就够了，世界很大，再也没有其他《两把空椅子》的位置。这是最真实的空白，因为时间从来不要座位。凡·高的空椅子，一边是死亡，另一边是童年和开始——只要还有童年和开始，那么，太阳还小，襁褓还小。

在同一个太阳下，
由宇宙年龄的地球到人生岁月的地球

还是那个太阳下的轨道，但是地球变了，在30年间变了。就在以色列人用"归来"，而巴勒斯坦人用反义词"逃亡"，叙述他们"家园"的时候，其实，地球人都在"离乡"。人们似乎突然觉察，自己原来是在家的异乡人。

虽然还远远不到为地球讣告的时候，但是地球已经自转在经典地理概念之外。南亚的棕云凝重。沙尘暴连年掠过北京的春天，到日本列岛遮蔽太阳。南印度洋的海啸过后，是东太平洋的卡特里娜飓风。而且，地中海两岸，也好像与洪水涌过蓝色多瑙河对称，6月的雪，在南非的约翰内斯堡飘落。从赤道线上乞力马扎罗山的雪峰，大陆若连若断的冰川带，到地球南北冰雪的两极，都在无声的融化中静听潮涨。不断上升的海平线将逐年改变哥伦布的地图。仿佛发现新大陆就是为了见证陆沉：从哥伦布船队出发的帕罗斯港开始，他停泊过的群岛、港湾和大陆海岸起伏的曲线相继沉没，地理大发现，不过是由他开辟的一条被海洋淹没的航线。而每天传出的物种灭绝报告，也多少有些像是提前预拟的地球葬词。险象后面是凶象。所谓故土，除了地名、姓氏、家族遗风和邻里传闻，天时，物候，连同地平线上的日出和日落，都很陌生。再也没有为候鸟无期花事无时感到诧异的人了，我们好似一半在旧地，一半在去路不明的大迁徙的路上。

一切产生出来的都一定要灭亡。歌德的浮士德是这样，恩格斯的地球也是这样。也许会经过多少亿年，也许会有多少万代生了又死：但是无情地会逐渐来到这样的时期……地球，一个像月球一样死寂的冻结了的球体，将在深深的黑暗里沿着愈来愈狭小的轨道围绕着同样死寂的太阳旋转，最后跌落到它的上面。到此，恩格斯自然不愿意他的词语也一同落下。也许是为了安慰我们这些后来人，恩格斯把他的词语寄托给一团尚未成形的星云。不灭的物质，虽然在某个时候一定以铁的必然性毁灭自己在地球上的最高花朵——思维着的精神，而在另外的某个地方和某个时候一定又以同样的铁的必然性把它重新产生出来。

我们怎样告慰他？太阳以 n 毫米 / 年的速度缩小和月亮以 n 厘米 / 年的速度离去，都不在我们的视线里。如果说恩格斯还是在叙述宇宙年龄中的地球，那么我们就是赶来叙述自己生命年龄中的地球了。地球竟这样从天文数字的宇宙年龄匆匆进入我们的人生岁月。在恩格斯身后，两个世纪的世纪名花，烟囱盛放的黑牡丹和原子核怒放的红牡丹，还没有开败，地球也已经追过我们年华逝去的速度凋败。地球甚至没有后天。

　　但是地球并不是为了成为坟场才诞生人类。假定人类为地球守陵却首先埋葬了自己，那么守住人类骸骨的地球也不过是陪葬墓地。无人的地球与无地球的人一样是一个假命题。无人，只是为了玛雅文化遗址的荒芜蔓延？为了人去后，人性的名犬，纯种马，富士苹果，袁隆平水稻，和平的鸽子，以及寄生人体的流行病菌和性病毒，被恣意孳生的天敌一一扑灭？为了那些巴特农神庙断柱、罗马角斗场残壁和长城废垣的古老的石头，从此不再凭吊？私藏秘藏的宋版孤本和维多利亚时代的精美印刷，也从此不再失传？为了文明的最后记忆：沉积在土壤和海洋的重金属分子，数千年？风一般轻的塑料薄膜，数万年？泄漏的核放射元素，数亿年？而且，没有人的脚步，也仅仅是为了由立陶宛大公、戈林和斯大林王权承袭的最后一片比亚洛维兹亚原始森林，狂野地越过大炮和旗帜分离的所有国界，重新复活一个巨兽怪兽的亚恐龙纪，等待下一次外星的撞击？想象一个无人的地球与想象一个无地球的人类同样荒诞。

人的地球也只应该由地球的人回答。

人却要到天外肯定自己。越过登月的一小步，从20世纪70年代出发的先驱者Ⅰ号Ⅱ号与旅行者Ⅰ号Ⅱ号探测飞船，大概已经飞离了太阳的边陲。那是4张递出太阳系的"地球名片"：名片是身份的肯定，地球上的智慧生命寻访地球外生命智慧的肯定。就像希腊的童年梦，人在奥林匹斯阿波罗家族的众神幻象上直观自身，同样，20世纪延续的希腊思，也以自己的思想"思想"另一种思想，于是，我们用氢元素分子结构寻找同样读解的眼睛，用电磁波频率寻找同样译听的耳朵，用2进位数学和$E=mc^2$方程寻找同样思维的头脑，也就是说，寻找自己，天上人间，一样是眼睛寻找眼睛，耳朵寻找耳朵，头脑寻找头脑。会说话的智慧也自然是语言相遇，地球上55种语言众语喧哗的问候，多声部中还回旋着汉语京声的抑扬、吴语的婉转和粤音如歌的和弦，不怕碰不响第56种语言，碰不响第56种对应的词语、语法和声调。而且，他和她直接袒露在太阳和8大行星光环里的肢体词语，更是一部不用翻译的词典——如果相逢，不管是他选择的美丽还是她选择的雄伟，即使与外星异性的婚姻也不用翻译。但是这一切依旧是以天为镜的镜象。30年，他和她，先驱者与旅行者，还在银河岸去意徘徊，地球也已经对人作出真实的"第一否定"，假如人不能在地球上同样真实地肯定自己，那么抛落天外的地球名片不过是失去主语的呼唤和没有继承人的遗嘱。

先驱者和旅行者的名片上铭刻着地球的地址：太阳与14颗脉冲星的相对位置，一簇放大的凡·高向日葵，临行，还向仙女座处女座的远邻深长一望。因为俄底修斯漂泊，先驱者和旅行者也无疑在继续俄底修斯的海和浪，继续他怀乡的浪游与为了归来的远行。在路上，在到达与离去之间，从哪里来是故乡，到哪里去，其实也是故乡，所以，像希腊的岸永远靠在俄底修斯的舷边，先驱者和旅行者不论抵达哪个星座，也一样停泊在自己的太阳湾或者地球湾。不过，如果先驱者和旅行者在百年后千年后归来，地球的地址未变，脉冲星的光华和仙女少女的年华也未减也未老，但是，旧地不再，故人不再，往事的废墟不再，甚至连银杏树的落叶也不再。

其实，也不必等天外的归期。2006年，夏天，尽管42℃的欧洲离宇宙学的热寂还如此遥远，霍金也已经从他那问到黑洞深处的天问回到泰晤士河岸边的地问。地球怎样了，人类如何走过下一个100年？但是地球无语。

我对霍金地问的回答是人问。假如不到宇宙史的150亿年，银河繁星的密度和引力，就不会正好把我的太阳和地球和伴月转动在今天这样的时空方位、远近、轨道与周期里。选定150亿年的是谁？假如太阳不是把地球抛在14959.8万公里远的阳光下，假如地球再靠近太阳，赤道早就融掉两极的冰雪，热死了夏天；或者相反，太阳再远离地球，两极的冰雪就将漫过赤道，冻死冬天。不能想象没有夏没有冬没有四季的生命，选定14959.8万公里的是谁？假如碳核的内部激活点，不是非常在常态之上的7.653百万电子伏特，就永远不会合成碳核，碳，有机化合物，地球上就永远不会有第一点绿，第一朵红，第一滴血，第一次摇撼地球的性冲动，第一个呼喊的词。7.653引人遐思，而非7.653拒绝冥想。选定非常的7.653百万电子伏特的是谁？再假如光速不是29万公里/秒，就不会有我的星光月光的诗意，而且最根本的，就不会有与星月同辉的我的目光、灵视与神思，就不会有人与宇宙相同的时间方向与空间维度，当然，也就不会有我的"视通万里"与"思接千载"。29万公里/秒的光速是一切信息的极限。跑不出光速的人，选定29万公里/秒的又是谁？

是谁在无穷数中选定了这一系列常数值，选定了人？又选定人来选定什么？

至少人的追问不能停止在地球上，地球也不能衰败在太阳熄灭之前。至少，从天地与我并生的一系列常数中走出的人类，还没有走回万物与我为一的第二系列常数。天地人常数。我们语言里的意识、自我意识与文字上的记忆，才 3000 年，与我们未成年的心智作伴，也应当还地球一个同样稚拙的童年：季节还小，风云还小。

世纪日食：假如工具理性的头颅遮断了阳光

还是那个太阳。假如我们工具理性的头颅遮断了自己的阳光，那将是世纪日食。

人似乎在牛顿的地球轨道上错失了自己的道路。尽管在地球外，人已经把自己的身影反照在月亮上，并且还将到火星上去亲历太阳下的第二重轨道，第五个、第六个季节和第三种昼夜，但是，至少在美国的阿富汗战场伊拉克战场，武器遮住了将帅。千里之外，战斧式巡航导弹摧毁了奥玛尔的塔利班烈士旅、萨达姆的共和国卫队和本·拉登无国界的圣战基地，枯骨上武器有声而将士无名。武器遮盖将军的战争让恺撒安东尼屋大维们悲哀。没有英雄，战争从此只见武器不见人，也从此不见海伦们的美丽或者克莉奥佩特拉们的艳丽。

人与工具的位置颠倒了？

好像我们的感觉也随着工具的延伸物质化了。只有找到物质形式的美才诱人。而且，只剩下身体关怀，从她、她们新工具新技术新材料的化妆、整容、隆胸、瘦身的性感形式，到身体对象化的饰品、时装、别墅、轿车的种种瑰丽与华贵，无疑，也是他、他们同样物质化目光的雕塑品。甚至连柔情连缠绵也硬化机械化了，现代美学已经是现代材料学和材料工艺学。

玩物就是现代生活。**历物，逐万物而不反（返）的穷尽**，与**齐物，旁（磅）礴万物以为一**的丧我、坐忘、独与天地精神相往来，到玩物为止。美容院健身房休闲胜地，等等，成了现代人的神庙、殿堂和圣地，供奉自己也消遣自己。古战场，文化遗址，先贤故园和陵园，也仿佛是为了现代人的终生假日和消费历史后设的。玩山玩水玩盗墓的瑰宝玩出土的文物玩异域掳掠的风物与风情，玩，工具技术材料到哪里就玩到哪里，丹尼斯·蒂托、马克·沙特沃斯和克勒格·奥尔森不过是玩三节火箭的宇宙速度和外太空逍遥的第一人第二人第三人。联盟号飞船和哥伦比亚号航天飞机燃烧在天边的两团火焰，早已散成余霞，为什么不玩下去？

而且连人也物化在物与物的普遍秩序中，它与它的秩序中。物化，并非化物，并非庄子式物我同一的化蝶，或者化鲲鹏。物化是一个玩物而不及物的人的悖谬：人在迷失主体的同时迷失了对象，不能到达物的真实生命的真实。物打破了从第二自然回返第一自然的所有梦想。他异化为它，世界从此不再是他"带月"、"露沾"的肢体形态，也不再是她"眸子的颜色"了。这或许是最后的变形，它，它们。

现代拜物教终于找到了自己的鼠图腾。鼠美倾国。鼠背上无国界的漫游，你尽可以叛逆，反传统，绝尘绝世，但是，你拒绝在场，却依旧在线，你即使失踪了，也没有出离网址，你不过是工具理性无处不在的终端，而且是无限复制的终端。你甚至在编码的数字之外，虽然 >0，但是永远 <1。

是工具为你定位：在 0 与 1 之间——工具与人之间。

工具把握你的位置就是你的社会位置。你在工具上实现自己完成自己，工具演出了你的身份，角色，价值，直至你的身世和家族的谱系。

工具就是武器，从人使用工具的第一天起，第一把石斧第一柄青铜剑就首先对准了自己。到今天，人不过是人工智能的软件，而且是一批批被迅速淘汰的软件。一个计算机博士三年五年的技术青春期，比一个歌女舞女的歌龄舞龄还要短促。屏幕时代无妙龄。据说硅谷的电脑族，他也从不选择她的美貌而只选择她的程序。他与她的倾心交谈在0与1的2进位语言中。于是硅谷的美丽，不是自谢，就是逃亡。智慧的倾斜，偏移，失语的哲学，只好借用物理学的词语。德里达也不得不借用逻各斯的语言反对语言的逻各斯，不得不借用微粒子轨迹的trace，force，quark，等等，结构他的解构思想。而且，技术高于科学，比尔·盖茨们早已不屑于读完大学本科。男生们提前告别，冷落的大学校园将只留下容易凋谢的红颜苦读寒窗。异化，由人使用的工具反转成工具使用的人？假如这是一个荒谬的真理，上帝创造了最终抛弃自己的人类，人类又紧跟着制造出最终统治自己机器，那么机器呢？

　　马尔库塞的普罗米修斯就是工具理性的原型。盗火，盗铜，盗铁，盗原子核裂变聚变震撼地球的能量，都出自天性。因为武器是身体的一部分，第5肢体，所以希腊神祇战死后也要与自己的盔甲同葬，战斧插在墓前，忒修斯在棺木中也守着连体的长枪和青铜剑。他们即使在墓中，一听到迫近的马蹄声，就重闻自己的盔甲铿锵，战斧生风，长枪和青铜剑自鸣。

　　铸剑者最后跳进炉中才炼出干将莫邪。铁，因为不能裂变不能聚变沉积在恒星核心的铁，居然溶入水，居然染红了生命之水的一半，血开始流了，剩下的一半，泪也开始流了。由铁至剑，在胸中饲血，在炉中煮血，在战场上饮血，喋血，恒星郁结的铁，终于假借人，假借血与剑、剑与血不断转化的生——死轨迹，把宇宙能量释放为生命能量。假定，恒星的"铁心灾变"，果真沉重到坠入自己崩坍的黑洞，那么人呢，假定不是最后的"空心人"而是最后的"铁心人"？除了铁……

从生命的最深处，我们的灵性上升为神，霸气外化为王，物欲第一抽象为贝，币，资本，行动的意志直接延长为手，手直接延长为工具——武器。对于神，我们找到了宗教禁忌之外的信仰与敬畏。对于王，我们用雅典的公民大会、罗马的共和国和巴士底广场的起义抗衡权力。对于金钱，我们让私人资本增值为专业管理的社会再生产财富。而石器时代，青铜时代，电子时代……一个又一个文明用自己的工具符号命名。所有的历史都是工具史。手与头换位，从用手思想的时候起，我们好像生来就是为了成为工具的工具。

但是我们的生命并不仅仅由工具和工具理性定义，因为还有天道与天运，天工与天择，以及我们自身的天性与天分。当然不能断臂，而且手还在延长，但是，完整的生命还有头脑，心灵，上半身，以及，下半身。

在克隆人面前，是重新发现人的时候了。当人也不过是工具的直接产物，不过是生产线上的产品序列，姓、名、氏族的记忆也不过是型号、序号的记忆，我还能在无数相同的面影、身影、背影中找到自己？他还能在互相重复的她们中找到那个唯一的她？她也还能在互相重复的他们中找到那个唯一的他？工具的复制再复制之外，那不可重生、遗传和移植的才是生命的第一义。

那一次诞生也一次死亡的一次生命。连恒星都一一死去，生命却垒出了坟。第一片衣体的叶，第一个御风御雨的洞和巢，第一……一个一个天赐、天佑与天启，而坟是生命自悼的寓言。由坟，生命的叙述从来都是对死亡的叙述。如果传说孟子反与子琴张在亡友子桑户尸床旁的编曲，鼓琴，相视而笑，还不过是面对他人的死亡，那么史载司空图生前在自己墓穴中赋诗酌酒的宴游，就是面对自己的死亡了。这简直是对死亡的一次早祭和预祝，是生命悲剧的一场喜剧锣鼓。既然齐物，一生死，他们已经把死看成生圆满的实现与完成，因此，他们这种死亡庆典的张狂，放诞，反而是一种肯定生命的崇高。但是，鼓琴、宴游种种也死去了，坟墓不死。*我细胞一样生长着的墓群，埋不下死亡。让埋葬一切而不埋葬自己的坟墓断言，生命的理*

由比生命的原因更重要。

我们只此一身，一生。一身与一生穷尽世界，穷尽岁月和历史，世界、岁月和历史也同时穷尽此身与此生。时间随此生重新开始，世界在此身重新展开。需要一次他与她天诱的狂欢，为一个天聪的生命赋形——因为需要他或者她新的眼睛直观，新的耳朵倾听，新的手和足抵达从未抵达的边界，新的面貌面对死亡和坟墓。生命，哪管它凄冷的墓园，荒芜的遗址，失传的典籍，湮灭的传闻，以及无人朝觐的圣地，竟敢如此骄傲、如此狂放、如此自洽自戏就此一身与一生近在墓前墓后有声有色地演出，除了天授与天传，除了生命自身每一次都把挽歌重唱成颂歌，还能是别的什么？生命没有绝唱。假如没有我们眼里耳边新的江天，春江花月的春潮花潮月潮，早已潮平，影落，绝响。是的，甚至李白生命的三元素，酒，月，剑，酒月剑中的唐音，唐风，盛唐气象，假如依旧是青春缭乱的华彩，那也不是由于什么文化风尚，忽然风靡李白月下的影，酒中的梦，剑上未酬的壮志，而必定是，哪怕只有一个人，再给李白的月一片更加高阔的视野和天空，再给李白的酒一副更加豪放的胸膛和怀抱，并且再给李白的剑，一个不断应战不断挑战永远出击永远进击的人生。生命是一个未完成过程的继续。生命在生命中，我们就此定义自己的一身与一生：从脚步下走长了也没有走尽的道路，手掌上还未完形还未定型的情人肢体，到一代代改变历史封面的眉宇间的气概与气度。

再把人与工具的颠倒颠倒过来。

有过一个重新发现人的时代。那些在中世纪的宗教禁锢中几乎石化了的欧洲人，曾经重新从希腊石头青铜的残躯断肢上找回自己的生命意识。今天，如果重回他们的佛罗伦萨，我们还能不能够在他们大理石的嘴边呼吸，青铜的头上思想，壁画油彩的眼睛里自认和自我肯定？

他们留给我们二个大卫。在米开朗琪罗永远少年的《大卫》身旁，一个时代的生机也萌动在卡拉瓦乔的"自画像"《手提哥利亚头的大卫》上。米开朗琪罗的大卫，不到成年的生长抗拒着时间，非利士人连同无数个世纪溃退了，他的四周是纷纷凋谢的阳光。卡拉瓦乔的大卫预感到衰败在无形无迹地爬上头顶，敌人在自己身上：衰败的头颅就是哥利亚的头颅。他为了再一次青春竟自刎衰老的头颅，在衰残之前。剑锋斜横在胸前，乱发的断头，提着，在抛掉前的一刹。还在滴落的血，使断头、剑和青年卡拉瓦乔的俯看，显得若即若离。那是断绝衰朽的一剑，同一个身体的两个头颅隔剑相顾。在青春与衰老最后对视的瞬间，映着脚下血色中的暮色与曙色，卡拉瓦乔同时在两张对望的脸上凝视自己。

工具理性的头颅老去，再一次卡拉瓦乔式地断头并且扬起大卫20岁的脸？前提是，假如我们还有大卫式的身躯。（2008年1月9日，西蒙·波伏娃百年诞辰。西蒙·波伏娃，又一年从"西蒙·波伏娃诞辰百周年巴黎国际研讨会"，从"西蒙·波伏娃妇女自由奖"首次颁奖，从"西蒙·波伏娃桥"——塞纳河第37桥命名典礼，一一隐去了，只剩下《新观察家》杂志封面的西蒙·波伏娃——1952年转过身去的西蒙·波伏娃背面裸照，长久背对一个时代。鄙弃的，这个时代不值得她面对。亵渎？礼赞？其实，在一个头脑贫乏的年代，不管是只能用波伏娃的身体纪念波伏娃的思想，还是天演的思想也等待美丽身体的怀念，都很不错。只恐在贫乏的头脑下也已经是贫弱的身体。）

工具和工具理性只能在他的手上。我也转身问我的刑天，那个把额顶的苍茫和苍老从容弃掷在自己的脚下，双乳上升为眼睛肚脐上升为口，更高地靠近太阳、俯仰和言说的神。

2007

第三辑

司马迁的第二创世纪

虞　姬　推倒十二座金人，力静止在她的曲线

庄子妻　逍遥，她是蝴蝶他是鲲鹏

褒姒　她烂漫男人，烽火桃花

简狄　凤凰飞来白色的太阳，她孕育青铜

项羽　他的头，剑，心

……

虞 姬

她轻轻举起古战场

　　　　在巨鹿

　　　　在鸿门

　　　　在垓下

钢铁与青铜的击杀

婉啭在她的喉间　一支歌里

沉船　不过

背后死亡的河

她是岸　漂移的岸

79

不能抵达
是不过江东的
　　　江南
不收埋头颅盔甲战马
只种下两行泪
　年年开杏花

水的焦渴　燃烧
大火　寒冷得三月不灭
假如不是最早的焦渴
怎么会最先成为水
在没有水的世界
雪
落满赤道

崩溃的回声滚过月边
推倒了十二座金人

力　全部静止

　　在她的曲线

一稿　1987

二稿　1994

庄 子 妻

逍遥，她是蝴蝶他是鲲鹏

随她逍遥　游回
第一次呼吸和心跳
最年轻的节奏　翻
　　　　　　　滚
　　　　世界

世界 0
寂静撞响的悠远的　回声
海洋淹没不了的那一迭　浪
浪成海洋又浪出海洋的　涌动

　　　　　　　　　成鲲
飞成天空又飞掉天空的　翱翔
　　　　　　　　　　成鹏
不归巢的远飞　没有最后的抵达
自己击落自己　终点击落成起点
为她　一个生命力学永远的动词
　　　　　　　　　　鲲鹏

元初的黑暗　破裂　破土或破晓
　　　　　一线血色一线曙色
痛苦　穿破痛苦的中心
一只红蝴蝶　扇动的红影
所有的边界都消失了
只有色的流
　　色的潮涌　焚烧　炸裂　轰响
　　色生色的华采与湮灭
为他　一个生命美学变幻的名词
　　在飞出自己的一刹飞回自己

在飞回蝴蝶的一刹飞出蝴蝶

他和她逍遥　游回自身

他　是她的鲲鹏

她　是他的蝴蝶

一稿　1987

二稿　1994

等她一笑
一丛丛无花期的花　开了
烽火

男人的一树树桃花

一笑
灼伤了太阳　熔化了太阳
桃花烽火　他和她的战争
　　他们对他们力与力的战争

她们对她们美与美的战争

一笑
残败在最红的开放里
假如烽火已灭　桃花已谢
假如只摇曳没有刀兵的
烽烟

一笑成灰的花下

等她一笑
烂漫男人　烽火桃花
嫣然的战争

一稿　1987
二稿　1994

简 狄 *

凤凰飞来白色的太阳，
她孕育青铜

望不过的水平线

银河流艳的水平线

二月的梨花浪

除了银色的奔逐与喧哗在涨

岸和眼睛都已沉没

流溢在表面的深度

---

* 《史记·殷本纪》——殷契，母曰简狄，有娀氏之女，为帝喾
次妃。三人行浴，见玄鸟堕其卵，简狄取吞之，因孕生契。

87

横溢不过边际的旷远

无尽的起伏　无底的陷落

无岸的漂流与无涯的漂泊

美的死亡线

不渡的死亡线

一只玄鸟　飞掉黑夜和黑翼

飞出燕子探在春天前面的头　秋风

追不到的雁翅　龟背的千年铭文

重构的生命　凤凰

飞来一团白色的太阳

浴日的狂喜　纯银般的潮声

在涨　美丽孕育青铜

鼎

钺

孪生　神器礼器兵器

一个接一个断头　高出历史
　　望不过的水平线

一稿　1987
二稿　1994

项羽 他的头，剑，心

落日的响亮　他
砍掉自己的头
保全了心
剑　横在头和心之间
乌骓马踏痛今天

一把火　烧掉了秦代
七百里的黑色
火焰成灰　黑色七百里
他点燃自己的一柱血

最后的火花
俯看烧掉的自己
　　　上升为光明

剑砍掉的
都在剑上生长
除了自己割下的头　割断的观念
他把头颅的沉重　抛给那个
需要他沉重的头颅的胜利者
　　　　　　　　一个失败
心　安放在任何空间都是自由的
安放在人的兽的神的魔的　一个胸膛
　　　　　　　　温暖得颤栗

可以长出百家的头
却只有一颗　心

　　　　　　　　　　　　　　　　1987

高渐离

挖掉眼睛的一刹，他洞见了一切

太黑了　眼睛

再也升不过黔首　黑色的头

挖掉眼睛

灵魂　白衣冠走出

为自己送葬

一道雪波　拍击

　　　　无边无涯

没有眼睛

就不再等别人的　光

不再等影子　层层叠叠地倒下
在一片没有底的土地
当挖掉眼睛的一瞬
黑暗破了
生命　痛楚得雪亮

筑声
明亮的开放　玉兰花
一盅一盅斟满白色的韵
叮叮咚咚碰亮天空
眼睛窥不见的神秘
突然银灿灿的　泄漏
　　　　　　无边无涯

　　　　　　　　　　　　1987

93

孙膑

断足，没有凯旋的穷追

断足
他完全放出了自己　穷追
天下的男子　没有一支大军
逃出他后设的
　　三十六计

战场　从不死亡
人类衰老而战争年轻
被黑暗焚烧着
血　必然开成与太阳同株的花朵

死亡　选最壮丽的一朵庆祝生

失去双脚的
地方　路已经走完
空间塌陷在身上　星星
从一面面降旗滚落
在他没有脚的脚下　胜利与覆灭

只是没有一次　凯旋
回到　他断足的
　　　　　这一天

1987

伍子胥

他用最黑的一夜辉煌了一生

昭关　最明亮的黑夜
一个个早晨凋谢在
　　　　　　门口
黑发
白头

头　碰不破黑夜
碰落了所有的白天
一步踩过
一生　用最黑的一夜辉煌

百年

白发　一根一根

生长漫长漫长的死亡

一夜摇落黑发上的全部太阳

几万次日出　一齐轰击

头顶

一个白洞

昭关　每一个黑夜

　　　　陷落

1987

聂政

毁坏了脸，他自己面对自己

毁坏了死亡的脸

留二十岁的面容　笑成

　　　她的玫瑰季节

时间　停在这个年龄

行刺谁　二十岁

不等皱纹分裂青春

刀剑　刺杀最后的衰败

　　　在自己的脸上

中国上古史　从此
再也老不过这个年纪
咸阳的火　二十岁
乌江的水　二十岁

死亡　没有脸孔
毁灭完成的形象
最真实的　自己面对自己
　　　　　　　　二十岁

1987

司马迁

阉割，他成了男性的创世者

他　被阉割
成真正的男子汉　并且
美丽了每一个女人

无性　日和月同时撞毁
在他身上　天地重合的压迫
第二次他从撕裂自己　分开了世界
　　　一半是虞姬
　　　一半是项羽

他用汉字　隔断

人和黄土　隔断

汇涌成血的水和火　分流

原野的燃烧和泛滥

纵横古战场沿着他的笔　回流

他过去生命未曾收殓的遗骸

一个个倒卧的男女　横陈

站起　送他们到汉

　　　　　　到唐

　　　　　　　到明清

以他们不再老去的面影身姿和语言

拒绝掩埋　坟　泥土

他走进历史第二次诞生

　　　　从未走完的过去

　　　　没有终结的现在

　　　　已经穷尽的明天

永远今天的史记

　　我翻开我的今天

　　赋予他们第三次生命

1987

最后的月亮

她，永远的十八岁

黄昏时候

那几声钟，那一夜渔火

最后的月亮

四十八种美丽，哪一个是她

……

她，永远的十八岁

　　　　她

十八年的周期

最美丽的圆

太阳下太阳外的轨迹都黯淡

如果这个圆再大一点　爱情都老了

再小　男子汉又还没有长大

准备为她打一场古典战争的

男子汉　还没有长大

长大

力　血　性和诗
当这个圆满了的时候
　　二百一十六轮　满月
　　同时升起
地平线弯曲　火山　海的潮汐
神秘的引力场　十八年
历史都会有一次青春的冲动
　　红楼梦里的梦
　　还要迷乱一次
　　桃花扇上的桃花
　　还要缤纷一次

圆的十八年　旋转
圆了泪滴　眸子　笑靥
圆到月月自圆
　　月月同圆
月圆着她　她圆着月
一重圆弥散一重圆　变形一重圆

圆内圆外的圆

阳光老去　陈旧的天空塌陷

旋转　在圆与圆之间

年岁上升到雪线上的　智慧

因太高太冷　而冻结

因不能融化为河流的热情　而痛苦

等着雪崩

美丽的圆又满了

　　二百一十六轮　满月

　　同时升起

一稿　1985

二稿　1988

黄昏时候

夕阳
把我和李商隐拉到
同一条地平线上
　牡丹花开败的地平线上
黄昏涨着　从他的眼睛涨过我的眼睛
消失了辽远
一片暗红

就是这一次落日落成了永恒
半沉的　在他的天边在我的天边

朦胧了他和我的黄昏
朦胧了今天明天的黄昏
朦胧了圆满失落的黄昏
朦胧了起点终点的黄昏

李商隐的那一个　夕阳
是他刚刚吐尽春天的　蚕
将死还未死　总停在最美的一瞬
　　　　　　　　　等着咬破夜
而我把我的夕阳抛下了
抛成一个升起　给另一个天空
把所有的眼睛拉成一条地平线
　　　　　　　　开满红牡丹

我的升起会降落为他们的夕阳
在他们的天空下和我共一个黄昏

　　　　　　　　　　　　1985

那几声钟，那一夜渔火

寒山寺
那几声钟　震落了夜半的
月　霜　鸦　震落了泊在这晚的
船和梦　也震落了
钟　此后的钟声都沉寂
还要震落我今夕的躁动成永久的宁静
从未绝响的　那几声钟

那一夜渔火犹自燃着
一个个早晨都已熄灭

渔火自那一夜　燃着

　　一丛不凋的枫

　　暖着寒山

一个秋深过一个秋

在我的身上堆积

我的一切都沉进霜夜里

只有这瞬间照亮的笑容

不会隐去　一个明亮的裂痕

黑夜不能在这一线合拢

等千年后的相见

等一个一个微笑和我相对

围着这一夜渔火　在几声钟之间

1986

111

最后的月亮

就在这一夜
阿波罗　一步
最后的月亮　落在我东方黑色的眼睛里

失去了　一块逃亡的
　　　　圆
我的白天都在黯淡
唯留下这个月夜　最后的
比沉在唐诗宋词里的
许多　月

还要　白

月痕　穿透数不清的

黑夜　一条银色的线

缀满一代一代

圆圆缺缺的　仰望

突然断落在我的夜里

除了一轮月影　最后的

都已散失

甚至找不到一枝

桂叶　桂花　桂子

几千年　地球已经太重

承受我的头脑

还需要另一片土地

头上的幻想踩成现实　承受脚

我的头该靠在哪里

　　　人们望掉了一角天空

我来走一块多余的大陆

此后
由我去穿过一个又一个夜吧
我有最后的月亮

一稿　1973

二稿　1985

四十八种美丽，
哪一个是她

那么多虞美人　宋词

也叫不住　她走过宋代 *

突然转过头

四十八种美丽一齐朝我走来

哪一个是她

她走出自己

四十八种美丽

———————————

* 山西晋祠圣女殿有 38 尊宋塑侍女像。

115

四十八重轨道

同时把我射入

　　　　旋转

挑不起的抗拒与诱惑　眉的

四十八种弯度　弯曲着我

四十八种美丽也走不出

丝绸　一层东方的柔软

影子倒映在清代

十二钗　十二钗又十二钗又十二钗

　　　　　　一块石头打碎

哪一个是她

四十八种美丽

假如我没有四十八种雄伟

一块块再也捏不出男子汉的泥土

　　　　　　古典成了宋瓷

1986

你
是
现
在

如果没有你的眼睛

斑竹上打湿了几千个春天的　泪

怎么会打湿我的

从时间的暗影下注视着你

回眸一眼　妩媚过的美丽再美丽一次

有你的江天　春潮花潮月潮

才汹涌着你

假如你不倾斜　如大陆

天上的黄河也奔流不到海

以你一夕天娇的姿势

假如敞开你的四月

随桃花的红雨　乱落

那么你红雨的桃花　乱落在哪里

再一檐听雨的瓦　不必

再一面满风的旗　不必

你有一个最深的黄昏

　　淹没所有的傍晚

你有一个滂沱的雨季

　　　落尽过去的云

你是现在　现在是你

1986

望

幽州台不见了
幽州台上的那双眼睛　还望着今天
等我偶然一回顾

回头
已经远在他的视线之外
不能相遇的目光
碰不掉他眼眶里
　　　千年孤独

幽州台不见

寂寞的高度　还在
空濛的视野　还在
太凛冽了
幽州的白日
被距离隔成孤零零的眸子
寒冷地发亮

不用登临　一望
我已在悲怆之上
能在我的眼睛里
睁破这一片空茫吗
仰起头　接滚过幽州的泪滴
从我的脸上落尽
　尽落谁的脸上

1986

远
方

　　　　　　远方
我走回童年　走回
我的十一岁　身后的群山拥着走出
还能第二次出发吗
走不出的眺望　在故乡

故乡　我一步就走进汉代走进 *
司马相如堆砌成了赋的岁月

———————————

* 我的故乡是四川邛崃。

走到今天这么长
走不到的远方

远方遥望
我四十岁的背影
我少年的脚步　害怕起程
走不回的回头　在远方

只有我身后的群山　不肯退转
还拥着一个个十一岁的早晨
走过我　远方
倒下再多的背影也遮不住的
　　　　　　　　　远方

1986

时间，从前面涌来

从前面涌来　时间
冲倒了今天　冲倒了
我的二十岁　三十岁　四十岁
　　　　　　　　　倒进历史
生命不是一块陆地　空间在崩溃
　　　　　　　　　茫茫的

白浪　把我淘洗一空
背后没有依靠　年代与年代
一些筑在纸上的岸　急速漂去

漂着一个一个枯黄的太阳

漂过史记最早的纪年

在神话的边缘　还是

第一次月出

第一个秋

第一座南山

第一杯酒

第一个人

时间从前面涌来

1986

第五辑

汉语红移

吃尽胭脂　词语红移的曹雪芹运动

词语击落词语　第一次命名的新月

天空旧了　原子云也原始着那朵云

没有一个汉字　抛进行星椭圆的轨道

文字　灿烂成智慧的黑洞

……

吃尽胭脂
词语红移的曹雪芹运动

红楼

一块石头的无数红吻　一场

词语青春的曹雪芹骚乱

墨色的汉字　吃尽少女红唇上的胭脂

追过银河外远飞的星群　红移*

曹雪芹温润的雪　起伏

雪潮雪浪高过了她冰冷的头顶

---

* 红移：Red Shift　宇宙学的"红移现象"。

冬天禁锢不住的雪

沿着雪线暖暖伸展　严寒就是一种欲望
从雪峰雪谷的颤栗到雪崩的狂喜
雪　一个名词改变了原来的意义
白到了 0 度
如果不是为了融化自己　怎么会是雪

曹雪芹的雪变形变义　云霓　火焰
　　　　　　　　　为了烧尽自己

不是撕碎一瓣瓣阳光　埋她
是她开放了　赤裸的无邪的
从内　把一片片芍药花向外尽情抛掷
炽烈地堆着夏
　　　　堆起无边的缭乱
　　　　堆出醉眠妍红的坟
红芍药　烧毁了阳光
　　　　　　季节
　　　　一角太阳

连同自己一起红葬

红冢里　雪潮云潮暗转成红潮
谁不愿这样陪她葬红　哪怕只有一次

曹雪芹的雪与火　相反相融
泪　又一个名词诞生了
水里的火焰与燃烧中的寒冷
泪花在她的黑眼睛里开到最灿烂
百花外只为自己开谢的花朵　自挽的花
初放就是凋零　垂落
自己浇灌自己的生命　永远的泪循环
泪是能够偿还的吗　偿还给谁
有谁能承受别人一滴泪水的重量
又有谁能洒给他人一滴泪水　减轻自己

泪　雪　云霓
三个女孩　三个流转的水字
吃尽胭脂　碰击儒的头道的头佛的头

追着银河外群星远去的红字　　石头的红字

词语的曹雪芹运动　红移

一稿　1988
二稿　1994

词语击落词语
第一次命名的新月

给女儿丁·丁

那么多文字的

明月　压低了我的星空

没有一个

　　　陨

　　　蚀

等你的第一声呼叫　月亮

抛在我头上的全部月影

　　张若虚的

　　王昌龄的

李白的

苏轼的

一齐坠落

天空是你的　第一弯

新月　由你升起

词语击落词语　你

　　一个主语诞生

经典　文献　神圣著作

　　　　　　　崩溃

你召回自己的名词　动词　形容词

词语围绕你的位置　轨迹　遥远碰响的距离

　　　　　　　语言的新边界

你童稚的姿势　还动词第一动力

手指及物　每一天

在你的手掌上成形　从未完形

你还名词第一次命名　你的命名

还形容词的第一形容　你的形容
你的世界的面貌
　　　　你的面貌
你叫出事物的名字
　　　　　你的名字

你的新月　自圆
在你的天空
几千岁的童年　从今夜终止

一稿　1988
二稿　1994

天空旧了

原子云也原始着那朵云

从我写出那一朵
云　天空就已经旧了

除了
陶潜的停云　不停
王勃的落霞　不落
没有一场落尽云的雨
没有一朵落尽雨的云
重复

篆

隶

楷

狂草

解体又重构那一朵　沉重的飘浮

金　石　木　铅

仿宋仿唐仿汉仿秦　复印的复印

没有一朵订死在天上

就是升起一朵一朵　原子云

也原始不了天空　原来的笔划

原子云　也原形着那一片

云　天空已经旧了

1988

没有一个汉字

抛进行星椭圆的轨道

连太阳的第十个

星　也拒绝牛顿定律

在阳光下　藏匿

在牛顿的轨道上

没有人的位置

我从不把一个汉字

抛进　行星椭圆的周期

寻找失落的踪迹

俑

蛹

一个古汉字

在遥远的梦中　化蝶

咬穿了坟墓也咬穿了天空

飞出　轻轻扑落地球

扇着文字　旋转

另一个引力场

我的每一个汉字　互相吸引着

　　　　　　拒绝牛顿定律

　　　　　　　　　　　　1988

文字　灿烂成智慧的黑洞

王维的长河落日依然圆在黄昏

被阅读与被书写的　落日的落日？

当王维把一轮　落日
升到最高最圆的时候
长河再也长不出这个　圆
黎明再也高不过这个　圆

在日落长河的十字上　无边的圆
所有的高度　方向　沉落在圆的无边

自圆　自照　自我熠耀的燃烧
无思　无言　无问也无答的沉默

空无中的空明　逃离不出的
美的围困　一座光明的坟
终极　完满到不能破出自己
没有第二次的开始第二度的完成

文字　一个接一个
灿烂成智慧的黑洞
我的太阳能撞破这个圆吗？
我的黄河能涌过这个圆吗？

1988

走进一个汉字

给生命和死亡反复读写

在象形的汉字上凝视自己的形象
　　一个词语突然叫出我的瞬间
一场大火

阅读生命

文字　覆盖了我
　　　　碑铭
　　　　遗容
　　书写死亡

像先在词语中然后才在玫瑰丛中

闻到花香

像一行一行雁也飞不过北回归线

像一千个秋天，摇落在一片叶子上

像一片词语的落叶抗拒着阳光

像一个词的永远流放者

不能从一个字的边境逃亡

还能够蹉跎出词语的新边疆吗？

鲲

鹏

之后　　已经没有我的天空和飞翔

抱起昆仑的落日

便不会有我的第二个日出

在孔子的泰山下

我很难再成为山

在李白的黄河苏轼的长江旁

我很难再成为水

晋代的那篱菊花　　一开

141

我的花朵
都将凋谢

我只想走进一个汉字
给生命和死亡　反复
　　　　　　读
　　　　　　写

1988

第六辑

女娲11象　上篇

象 1

人首

蛇身

我的遗像，刻在

远古的墓壁和石器上

害怕遗忘

一半是兽

一半是人

兽的最后一步，人的最初一步

我终于从野兽的躯体上

探出了人的头

　　我在太阳下看见了自己

　　太阳在我的眼睛里看见了太阳

我靠爬虫的蠕动

靠野兽的爪和蹄

走出洞穴

走出森林

我不得不借助野兽的腿

逃出兽群和野蛮

我只能在野兽的脊骨上

第一次支撑人的头颅的重量

人首蛇身

一半是人

一半是兽

一半是未结束的野性

属于岩洞和林莽

阴森与血腥

还压迫在我的身上

甚至要压过我的头顶

在人和兽之间

我已经抬起的头

不能垂下，这一轮反照自己的太阳

象 人，
2 让野兽的躯体死去

让蛇身死去
这长出了人的头颅的
蛇身，必须死去
恐惧，蛇身的恐惧
将吃掉自己长出的异己的头
一口一口咬碎
我前额下未成形的思想
一个正在生成的世界

死去

我每一天死去，不止一次死去

我一天七十变

      七十回生

      七十回死

羽毛的天空在我的身上死去

甲壳的原野在我的身上死去

鳃和鳍的海洋在我的身上死去

我站立起来

地平线——从我伸出的手掌上伸展

象 3 我与世界一同开始

我与世界一同开始
弥漫的火，为了照引我的出现
渐渐聚集一点
太阳

意识
像太阳，像地球，像所有饱满的果核
一个运行的天体
一重自圆的轨道一种自圆的外形
我的头颅

土地伸展，伸展成我的

肌肤，温暖在风外在霜外

草木蔓延，蔓延成我的

黑发，在我的头上摇落星月和四季

雨露，一滴一滴，滴落成清泪

从我的脸上开始洗雪，恸哭，悲悼

天空上升，上升

我眼睛的天空

  我的天色与眼色，一色

  我的天象与心象，同象

  我的天际就是我的额际，无际

    没有最后的边疆

  天

   地

    太阳

展开了我的形象

我的形象展开了天，地，太阳

我与我的世界一同开始

孤独

一切将要升起的太阳

都等待我，我等待

　　谁

我走向黄河

我把自己的苦闷和无边黑夜的一角

揉痛了，揉红了，红成第一只雄鸡的

冠，昂起我的第一个黎明

时间开始了

第二天，我忠诚的呼唤回响成第一条犬

驱逐寂寞，追过猎火渔火点点的灯火

我放牧一团团温驯的情感，第三天第四天

放牧成白云般缓缓移动的羊群，荒原被我驯服

第五天，黄土高原在我的手上移动了

移动成一头头牛，负起我的轭

第六天，黄河的浪涌过我的手中

涌成扬鬃的马，驮起我的

    弓箭

    盔甲

    英雄的功勋

    出生入死的骁勇

第七天。已经第七天了

我把生命的一半

揉进黄河

揉进山峰和岩石

揉成男子汉。让他走过

神坛，王座，战场

在他的肩膀下

经受得住所有的哭泣和战栗

靠在他的胸口上

　　　　不会崩溃

我把另一半生命

揉进杏的眼

揉进多瓣的莲心

揉进丁香和芭蕉

永远不愿解开的缱绻

揉成少女。依着她的美丽

　　　　　　不会倾斜

漫长的七天。我走进了神话

他和她，走进了历史

象 5 我不是斯芬克斯，我回答

面对斯芬克斯的死亡之问
谁第一个作出生的回答：人
谁就承受人自我意识的千年痛苦
认出自己的光明，盲了在太阳下的眼睛
等到黑暗的尽头，死亡何等炫目

谁让兽，让哪怕长出了人面的狮身
倒毙在脚下，谁就命定天谴的放逐与流亡
从原始的图腾宴到基督的圣餐
不过是集体谋杀父亲的儿子们

分食父亲遗体的成人祝庆
父亲的血肉之躯生长在儿子们的身体上
一再重复死难——复活的叙述，生命
认同，弑父原罪的忏悔记忆
转喻为认父赎罪的感恩纪念

我回答
我以人首蛇身和洪波九曲的黄河
回答，反照天空的龙
同风，同云，同天地同四季追赶太阳的运行
我是天宇第一次找到人身形态的生命

我回答
龙远去，隐去
我以不远不隐的蛇线，运转
成不绝不断的线"——""— —"，运转
成互动两极的点"："，运转
成起点重合终点的圆"⊘"，运转

一

从一，到一

一切实现与完成在此一身与一生

我回答

　我以长过岁月的蛇线回答

　以黑陶云纹青铜雷纹的回环，回答

　以钟鼎甲骨上汉字点划的纵横，回答

　以没有开始没有终极的墨色一画，回答

象 6
五十万年前的头盖骨下
二十一世纪的思想

五十万年

像是大地又一次隆起

我的额顶。藏着往日的年华和记忆

头盖骨，像是神迹

        埋在地下

头盖骨

五十万年

已经是一片古老的地层

我寻找未来却发现了过去

我把它当作希望挖出

惊倒了多少头颅。纵使极目

回望我五十万年的岁月

没有一个能够从这岩层下火层下

挖掘我冷却在三千年的思想

错了。所有的眼睛

都注视我今天的前额吧

我头盖骨下的熔岩，一个早晨成形

再一次隆起明天，二十一世纪

就是我头盖骨的形状

一稿　1983 夏
二稿　1994

第七辑

初雪

我开花了
是水的花，雪白的缤纷

我沿河都开着不败的花
我把堆堆的浪花，送给岸
　　我的花
　　　在浅滩就已经凋落
我把簇簇的浪花，捧给船
　　我的花
　　　在舷边就已经溅落

连终日嬉戏在我波间的水鸟
也从来没有戴去一枝花朵
　　我的花
　　在它们的羽翎上就已经零落

我的花开成了海
花的潮，潮平潮落
那是开在我水中也谢在我水中的花
不能在土地上开蕾
哪怕只开一树，一枝，一朵
所有的花都在阳光下开放了
我靠近太阳，选择长天最高的花暴
　　云过
　　霞过
　　雨过
最后的纯粹，孕育我白色的花萼

我又开花了

纷纷的白火焰，烧毁了冬天

开了，我的花事在花里完成
再开，我的花时在花下开始
既然我开自江、河与海洋
世界，我就要开满你的高山和深谷
由你估量吧，世界
我抛撒给你的花，是不是多过
由春到冬，由冬到春
一切已开未开的
　　　　花薮

一稿　1981.11.17　晨
二稿　1988

天鹅的歌声

传说天鹅是不唱歌的。只有临终绝唱。谁听到过天鹅的歌声？那万籁同悲的自葬曲？

明月圆展过你的白翎
留我在你无影的月下，听月无声

梨花，回舞你的羽痕
我满襟离枝的雪意，听雪也无声

听你，听你无边的静谧

暗暗鸣响我的天听

像听你语言前的语言
像听你声音前的声音

那也是你对自己的回应
谱完你的歌，听你一生一声

而当你的歌声隔世飘来
我也不能同歌——已是你声断的时辰

假如我最后的绝唱，回响
你自葬的长歌，从中天坠陨

自挽的，虽然即唱即逝
在天籁同声的幽寂无音

一稿　1980
二稿　1988

船

我沉一半——凭借着海
我浮一半——向往着天
我终于载起了我的世界
海，装满了压碎的波澜
　　我愿载动
　　我是船

第一片芽，第一棵树，第一只船
我一直怀有种子最初的心愿
没有被泥土掩埋，也不会葬进波底

我再生了，俯瞰着汪洋的海面
　　我有大地和海两重的生命
　　我是船

头上的风，扯落轻飞的霞
在潮汐里烟一样消散
我像长出满树的绿叶，去捕捉风
在所有的海域，挂满了我的帆
　　我是船
　　我有常新的叶——不死的帆

像我的青枝伸向云
从旷野，峡谷，绝壁和巉岩
我也伸出我的桨，划尽沧海
直到地球的渡口，横越云天
　　我有浪里的桨——云中的翼
　　我是船

世界，因我而缩小

重洋分隔的大陆，靠在我的两舷

赤道的光，两极的雪

　　太平洋岸的花，大西洋岸的蝶

纷纷戏舞在我的甲板

　　我复合了分裂的大地

　　我是船

岁月的浪花在我的船边激溅

我的锚，从未长抛在平静的港湾

我载希望给现在，载回忆给未来

卸下今天的重负，又载取更重的明天

　　我是船

　　船行在世纪与世纪之间

地球，我也载起了你

日和月，同时悬在我的舷边

天海中的列岛，都在迎我停泊

但愿早有守候的人，为我系缆

　　我是船

　　从星到星从光年到光年

1981.2.29　晨

171

冬天，冰的湖

我凝思。连浪
也停泊了我的静穆
喧哗成冰，不愿意
有一声独语遗失

我的波声远远没有说完
我却更爱这突然的沉默
沉默，不是等待回答
我倾听自己，回声四起的静寂

1981.12.4　夜

蝴蝶

飘落的春天没有死去
我在地下枕着它
飞起，飞着的花瓣和芬芳
我是蝴蝶，要把花瓣都扇成翅膀

连落花我也追到地上
用更多更多的卵，蛹，蝶
把跌碎的色彩衔回枝上
再扇成飞翔

但我总是这样轻

我从庄子的梦里飞出

飞过李商隐的梦，像是一种光

翩飞不起一片雪花冷的重量

不愿在泥土里再重复一次了

我要飞进一颗更年轻的心灵孵化

蝴蝶是我，一个飞动所有季节

缤纷所有季节的狂想

1982.3.14　晨

我选择莲荷
选择莲荷的
　　　夏天

夏天
我的圆叶，风一样飘起
追逐所有张开了的翅膀
太阳，这么近
火一样滚过我的叶面
我也不愿放走一个，萤

那一明一灭的光点

夏天
洪水在泛滥
翻涌着的云，突然感到天空的拥挤
大朵大朵垂向天边
连诞生在春天的雷
也已经轰隆隆长大了
雨点也膨胀到欲破欲裂
又一年，野草
把大大小小的道路走完

所有的空间都被占领
我的圆荷像盾，挑战
一支支花苞的箭，对直地射向青天
在蔚蓝的深处，溅落成
　　　　一团团的白雪
　　　　一团团的火焰

星一样盛开的莲

我种满银河的莲

　　夏天

1982.7.14　京汉路上

野百合

一声无言的手语
握着五月，野百合
这么悦目的手势

像是挣脱了群山和时间
伸出手，是要承受我俯下的
夏，沉重的季节

要伸出手，地平线已伸进
黄昏，招着夕阳和我不沉的凝望

再连黎明一同捧起

假如天空已从指间掠过
又一次握取，飘逝了或者抛弃了
白色的手一个别意

依旧是没有交出的传递
野百合，给我也给自己
伸着永久的暗示

1984

高岚山未飞的鸽子花

像是我遗落在这山中的消息
鸽子花
又一年开，又一年谢了

山想出了树
树想出了花
花苞孵出的一群群
白翎，都在临飞的一刹跌落
悬崖上落满折断的蓝天
浮向深谷的红喙

啄食夕阳

还是我来拾回久已失传的遗信
扶起垂下的鸽子花
风无助云也无助的翅膀
我伸出的手臂就是远古的珙桐树
　　　　　　　　新发的枝条
哪怕花苞孵出的白色鸽群
又一年在初飞的一刻坠下

哪怕没有一只，从我的手上
飞起白雪的翅影
只有跌碎了的声音，幽香回响

1982.6.24　高岚山中

秭归屈原墓

我不信
那芳洁的荷衣，和兰与蕙
　　缀成的华美的花环
已经被大地永远收回
埋在这座坟茔

我不信
那顶山一样崛起的峨冠
　　和腰间嵌着星月的长铗
也埋在这里，变成了泥豕的土

再没有来寻找这冠这剑的人

我不信
那以前额叩开过天庭门扉的头颅
　　　　再也撞不破地下死亡的门户
那双手臂，那双抱起过崦嵫山
　　　　匆匆落日的手臂
能平静地抱住墓上一天一天的黄昏

我不信
那上下求索的脚步，最终
　　　　就走到这里停在这里
那漫漫的漫漫的路的终点
　　　　就是回到起点，结束在故园的家门
那飘风，云霓，凤凰
　　　　以及为太阳驾车的羲和
载他周流四极，却载不起这一方坟土
也在这里邈远散去，踪迹难寻

我不信

那对天发出的一连一百七十多问

　　　就这样被一堆泥土填满

地上给他的最后回答和最后一问

竟是这一座问也无声的坟

1982.6.25　秭归山城

香溪

我从月亮里流来
我从星星上流来
流自白雪，绿叶，长青的山色
流自山花山鸟自开自谢的芳菲
　　无人领会的啼啭

我怎么会流成泪滴
青湿远方坟上白色的草
怎么会流进黄沙流洗刀弓
　　　　饮血的记忆

流响琵琶不断的哀弦

让我这样清清流吧

我从哪里流来
我就流向哪里
我流成月光，流成星光
流成青山，蓝天，花瓣的缤纷
　　　和鸟翅的飞旋
流成一双双弯弯的眉
连着云中雨中远远近近隐隐约约的山
流成一对对清澈的少女的眼睛
　　　闪烁着今天

1982.6.26　昭君村

巫溪少女

巫山巫峡旁的大宁河谷也有一尊守望成石头的少女像。

从一座座沉默的山后走出
你站在这里。热切的
连你脚下的山也漂动成
起帆的船

不，你不再是一个石化的少女
一个已经够了。你不再是

瑶姬的姐妹，守望

再继续一次千年的梦幻

望夫石

神女峰

阿诗玛的黑色的石林

再一个冰冷在石头上的期待和呼唤？

你是我的发现。像她

天藏媚惑的人体宣言

第一次，你的肢体词语叫出了你

叫住了我，在巫山云的外面雾的外面

是名词也是动词和形容词

移位着，变形着，转义着

那些蒙羞的负罪的无邪到无耻的词语

那些不可及物的不可捉摸的词语

一个世纪的凝望需要你的眼神

一个世纪的惊疑需要你的眉间

一个世纪未名的表情

需要在你的脸上书写

一个世纪的声音和语言

需要问答在你的唇边

一代同龄少男的青春，需要等你

　　出现在开遍鸽子花的地平线

遮断了一声悠长的回应

遮住了远方一个一个迷离的视点

你走在王府井和南京路，燕园和清华园

作为我的纪念碑，代表今天

　　　　　　一稿　1982.6.30　巫溪舟中
　　　　　　二稿　1988

太阳树

传说昆仑山有一株青叶赤花的树，名叫若木，生长在太阳西沉的地方。

至少屈原曾经望见这株树。他问："为什么在朝阳升起之前，它那赤红的花，就已披着光华？"

他还摘下它的一条青枝，拂着落日，在树下自由自在地徜徉。

你没有看见它的花它的叶吗？

自从太阳
第一次在这个地方落下的时候

我就用落下的太阳栽种
栽种了东方
一个最美丽的想象

一株神奇的树在这里生长
一千个春天
发一片青叶
青得和苍天一样
一万次落日
从树梢坠下
枝头悬起一朵赤红的花
不是残阳

像是受了这株树的诱惑
追着太阳的龙
不愿在地上爬行
长出了生风的爪
　　漂浮在浪涛上的鳞甲

和兴云兴雨的翅膀
也为了栖息在它的花叶间
一只凡鸟，每五百年飞进火中
焚掉苍老的羽毛
成了凤凰

既然我栽种了这株树
我就用它的每一片
新叶，拂着自己
拂掉了额头上的
霜雪，憔悴，颓伤
我总是这样年轻
我吮吸了每一朵
芬芳，我还要守候
一枝又一枝花蕾吐出光亮

你真的看不见这株树吗
它摇曳在每一个人的身旁

抬起你的头，数一数

它有多少片青叶，多少春天

它有多少赤红的花，多少夕阳

像我，也把你最宝贵的

　　嫁接在这株树上吧

让它不凋

　　不谢

　　不死亡

人问

　　这株长生的树

　　永远不结果吗

　　为了避免结果的枯黄

我说

　　它没有因成熟而衰败的时节

　　却早已结果

　　它的果实和种子

　　就是太阳

人呵，也摘一个去栽种

看你今天

能够栽种出一个

什么样的想象

1983.5.23　樱桃园

第八辑

黑陶罐

黑陶罐里清莹的希望

又是洪水。混浊的泛滥
只有你的眼睛
我最早的黑陶罐
存下的一汪清莹
　　我和你相对

大火不熄。书籍和画卷
焚烧着你美丽的影子
你笑了，蒙娜丽莎的笑
才没有在唇边枯萎，没有成灰

我和你相对

不知是第几次崩溃。我不再担心
罗丹的《思》也被打碎
有你梦幻的额角，白色的大理石
都会俯下冥想的头，倾听
　　　　我和你相对

有过洪水。大火。崩溃
一个由你的眼睛完成的形象
在你的眸子里，我看见了自己
黑陶罐里清莹的希望
　　　　我和你相对

1976

北京古司天台下

古城。落日。断城上古老的青铜仪，在越来越暗的暮色里望着也问着越来越黑的天空。

1966年8月，一个苍茫的黄昏，我来台下翘望。

这就是观过数百年阴晴动静的地方
我独自来问取未来天时的预兆
一段废城
倒在斜阳

站在这里，星空

也锈蚀了太高的肩膀

无边的宁静

悸动在胸膛

明天的天空重复昨天的天空

太阳已老

风云仍小

一声千年前的乌啼，早已

黄昏了今天

今天的黄昏这样长

我来问天，在这向天下告警的地方

我站成长长的黑影

穿过黄昏

眼里是黎明的夕阳

把喉震破把心震碎吧
回应那声天倾地覆的巨响

1966

彗星

我的 1970 年彗星

　　击落所有的轨道，烧破天空

已经有多少年多少年的等待
诡奇的星，你才照临我的空间
一个燃烧的灵魂，前面用自己的光华
铺路，甚至没有黑色的影子拖在后面

你不愿做一颗遥远的恒星
冷漠地环顾四周的黑暗

茫茫天海湮灭了它的光芒

在它塌陷成黑洞之前，早就沉落

　　　　在自己辉煌的顶点

你不愿做一颗无光的行星

重复着固定的轨道，寂寞地旋转

路镣铐着脚步，一周比一周缩短

直到跌落在自己暗淡了的太阳上面

你不愿做一颗盲随的卫星

像月亮，一步步踯躅在地球的背影下面

它连自己的面容都被遮盖了

常年是缺月半影，斜挂在天边

你不愿做一颗易逝的流星

只在光明中走过自己道路的一半

那冰凉的陨石，片片坠落

天上的昙花过早凋零的花瓣

星空，你没有选择一个归去的星座
也没有迷失在一片星云一重星团中间
你是一轮飞翔着的太阳
　　　既似恒星——在喷火
　　　又似行星——在飞转

你时时为熊熊的巨星吸引
追着强光，不惜走着弯曲的路线
即使在长行中被突遇的外力撞击
你也一路流光，光流不散

你传递着星与星迢遥的问安
你应答着光与光琳琅的语言
你来了，满天是旖旎的梦
你去了，带走多少欲飞的心愿

彗星，此后何年

你的火弧光弧才会再一次把我照见
是无望的守望，等你重临地平线时
我这走不出的路，也趼砥不到天边

或许，只要你曾照耀过我一次
我在尘垢中也能变得和你一样绚烂
或许，在我送你远去的一瞬
我已经找到了和你一样华炜的起点

你击落了所有的轨道，击破了我的天空
请给我一夜火花吧，点燃我
哪怕只是一场火流星雨
假如不能随你飞天，随你运转

一稿　1970　潮白河畔
二稿　1980

青铜时代

红卫兵过后，又唤起地下的黑色亡灵，秦皇，

商鞅，韩非。

箭石雨

陨石雨

落尽。从石头的最冷处

长出第一枝火焰的花

像瓶，插在我的炉中供养

像瓶，炉中金石的花朵

没有芬芳。铸造自己沉重的幻想

铸鼎

铸爵

铸剑和钺

鼎爵上是王侯的冠

剑和钺下，我千万次死去

冷回石头的青铜

我变形的形象

像瓶，我炉中的铁花

开败春秋，又一种天藏熔化了

我纵身跳进炉中

转世。投进我的

    头颅

    脊骨

    生命的碳原子

钢

刀和剑的锋芒

雪刃下的古战场，收天下的戈戟
我重新为自己铸像。青铜
禁锢的身躯，禁锢阳光

面对黔首，太阳照不亮的脸
十二尊铜人，背隐
无尽的黑夜，背隐
无数面黑色的旗帜，暗暗摇动
楚人，举起同样多的火炬
焚烧。潼关破了
骊山墓门却被秘密锁住
秦王的雄兵泥化成了
兵马俑的方阵，守住
一个埋葬了的英雄时代，守住
陷落的古咸阳

像瓶，我的炉中开着火焰的花

既然钢铁已冷

青铜，没有完成我的塑像

一稿　1975

二稿　1985

地平线

地平线限制不了我们的视野
那不过是天和地虚设的界限

我们继续朝前走吧。地平线
随着我们前行的脚步不断移前

1956

星

数落了一颗又一颗星

明丽的星外，还有
这样多的朦胧这样多的黑暗
那是等待，留给我们
作为星升起的空间

1956

第二重天体

断章　致 D.D

我愿借取你的一分光明一分热力

加速我思想的星云，形成第二重天体

1957

诗　学

我的第二个二十岁

又是这双眼睛看着我。是最早的黑陶罐，洪水后存下的一汪清莹。

初夏，我们系有两位同事在夜大兼了一门写作课，该讲诗了，他们便推我去代课，好像在逃避什么。想必他们也是不愿用一种最坏的汉语破坏一种最好的汉语吧，我却非常高兴去"广告"一下自己刚发表的诗。我一进教室就看见了这双眼睛。两个没有固定轨迹的生命，这样一次再次地相遇，肯定是牛顿天体力学之外的神秘。

四年前，我在这双眼睛里第一次看见了自己。

那是1976年4月的一次"大批判会"。我们来到这个世界的唯一目的和意义，只是为了给一个伟大的思想作一次渺小的证明，十二亿分之一的证明。我们因为有自己的美，智慧，想象，激情，生来就有罪了。我们是如此害怕自己，害怕安娜·卡列尼娜的让人不能不回头的眼光，害怕蒙娜丽莎的谜一样的笑，害怕罗丹的空白了身躯和四肢的无名无姓的《思》。出于恐惧，我们招来红卫兵，又同时唤起坟墓中的黑色亡灵，秦皇，李斯，韩非，在一个太阳世纪禁书，焚画，毁雕塑，为了禁住她颠覆一切的蛊惑的影子。

但是禁不住她，我们相遇了。就在那相视的一瞬间，在她的眼睛里，我看见了黑陶罐里最早的希望，也看见了自己：一个千年前殉葬多余的活生生的俑。我感到了发自自己生命最深层的巨大震动。当时我觉得，不仅是我，还有那么多美丽过世界的女性，都从时间的暗影下注视着她。仿佛只要她也对她们回望一眼，她们就能再青春一次，美丽一次。尽管有水，火，时间和死亡，蒙娜丽莎的笑在她的唇边，没有成灭。是由于她笑了，蒙娜丽莎的笑才没有在嘴角枯萎。在她多梦的额角上，所有的白色大理石都低下冥想的头，倾听思想的自由飞翔。与她相对，我的未到二十岁就已经衰老的生命，在快要四十岁的时候，突然开始了第二个二十岁。

她，就像在京郊潮白河边的农场劳动时，那颗飞过我天空的 1970 年彗星。绚烂到烧毁自己来去的踪迹，一个比雪莱的云、云雀、西风还要飞动的意象。燃烧。飞转。燃烧着的飞转。她烧掉一个恒星永恒的位置，选择了方向，飞去，却从不跌入一个行星狭小的循环。她流光滴火地飞越所有的轨道。没有任何巨星能够捕获她。稍纵即逝的天上的昙花，即使我愿用一生随她飞起，或者守望她再次飞来，也不知道她的轨迹和周期。

"彗星，登月，银河外的红移……您的诗全在飞。"课堂讨论中有学生问："为什么您总写天上的诗？甚至天外的诗？"

"只是不想再跪在地上。"我重复了一句上个或上上个世纪的话："伟人们之所以显得伟大，是因为我们自己跪着。"据说，自由的法国人，在他们巴黎伟人祠高高的门楣上，镌刻着这句铭文。我们也站起来吧！

我们站起来了。我们穿过了70年代一个个低垂着头颅的广场，弯下了腰的长街和双膝跪下的校园。怯懦地，在垂下的头上，昆仑曾经低矮，黄河，一条锁链似的抖动在跪倒的膝下。既然一代人跪倒成一代历史的葬仪，谁敢回望背后，十年后，百年后，又一代遥望的惊愕和追问？我们终于用自己的膝，腰，头颅，支撑起了思想的重量。用脚几百年也没有走出的历史，终于用头在十年中痛苦地走完。

仅仅一句话，我和她就这样相逢在19世纪。

"我差点儿做了H先生的儿媳妇呢。可惜我不想。"又一次交谈时，她说。

"H先生？为什么不？"我没有掩饰自己的惊讶。H先生的名字和他的作品已经是中国现代文学史经典的一节。时间又把他"右派分子"的荆冠变成了桂冠。尤其是近年来他的系列正统"人论"，更使他成了异端的偶像。

她像是给我转叙了一个一千零二夜白天的故事。那么快就到了1976年的大地震，一次又一次的下半旗和一夜之间的历史骤变。唐山的地震波，把H先生和他的表演艺

218

术家夫人从北京远远浪逐到 C 城，做她一位姐姐家的近邻。而她当教师的姐姐，又偏偏毕业于北京著名的协和护士学校——好像早就准备好要治疗女艺术家的半身不遂。这位前护士小姐的按摩和针灸，使女艺术家麻木的肢体有了感觉，也非要等到这一年，她才突然芳华了自己的二十岁。

她的出现，使 H 先生和夫人的儿子——一位青年画家崇拜着的名画世界，一张一张失去颜色。他能把她那眉的弯度，眼睛里的光和影，还有青春流动的曲线和韵律，捕捉到自己的画上吗？在她的面前，莫奈的画面，戴拉克鲁瓦的笔法，鲁本斯造型的肉感，再也不能使他心惊。似乎传统章回小说的又一篇就要写成了：落难，报恩，茅屋篱门边的倩影，红墙后的梦……可怜她还不想走进这个现代的古典。

一年过去了。尽管 H 先生和夫人已在半公开半秘密地筹划儿子的新房、家具、婚礼，尽管每次她来，H 先生都要亲自下厨，为她烹炒一盘名菜谱上的佳肴——那是他只在款待文学至友时才肯炫耀的绝技，她还是迟迟不想进入这个家庭。

H先生和夫人问她姐姐："她还犹豫什么？对我们？对我们这样的家庭？"

"你们？你们的家庭？显赫的名声和高贵的门第？！"这是她沉默在心中的回答。两年后她转而问我："来到这个世界，我们不都是一样的：一身赤裸？！"

我当然没有忘记提醒她："你选择的是儿子而不是父亲。"也许，这位青年画家的不幸，是他有幸是H先生的儿子。他一直站在父亲高大身影的背后。在父亲的荫庇下长大，而又能够长大到高出父亲荫庇的儿子，从来就很少。谁又能断定，他永远也走不出这一层光辉的笼罩？但是爱情总在逻辑之外。而我，非常庆幸她的一次不成熟的选择，不然，怎么会留给我一次选择的成熟。

还有一个青年翻译把选择留给了我。虽然在开放年代，他的英语口语和他的汉字书法一样流丽。出国留学起飞前，他还在北京机场给她打了最后一个电话，希望两年后回国，能够再来见她。她连这个希望也没有给他。

从这个沉没在大陆下的北京古海，十年前，当中学生们的潮，沿着慓悍部落的骑射，一次次出阴山出长城的相反的路，涌回草原和沙漠无边无际的历史的时候，他留在后面，被保送为工农兵大学生，进驻北京大学。十年后，又是从这片古海上的大陆，当大学生们的潮，与鸦片的烟和大炮的火逆向，涌出塘沽，涌出虎门，涌向太平洋上的21世纪的时候，他已早早登陆彼岸。我问是嫉妒吗？她说不。更不是恨与仇。他们的一切都被别人安排好了。世界接受了他们的教养，风度，成就和前程，而她只接受他们用自己超人的智慧或者过人的劳作创造的。他们没有。

她说："他们可能拥有整个世界，唯独没有他们自己。"他们？这对于我简直像是一碣神谕。

我不必怀着敬意写出失败者们的名单了。由我来纪念他们的失败是对他们的侮辱。是他们在她面前一个一个败退了，我不过刚好赶到，成了一个不战而胜的胜利者。没有较量。他们不是败于她，更不是败于我。他们败于自己。她的这些同代同龄的追求者们，竟没有一个能够越过她美丽的距离。

是回忆，我和她是一起朝后走向明天的。因为她和我都已经无梦。她生在北京一间破旧的小屋里。冬天，四壁生风的墙，庇护不了一个蜷缩的孩子。太冷了，她用双手去抱屋内那个烧着煤球的火炉，手心的一块炙伤，是冬天印在她童年的一个最灼热的记忆。我在她手掌的疤痕上抚摸着我冰冷的童年，四川，那个荒远的山村，除了祖母的脸，连每天烧红青山的夕阳，都是冷的。

她是吃窝窝头和咸菜长大的。她总是对我说起她的那碗夏天，那碗冬瓜汤泡大米饭的夏天。这份美味，早她十几年，我就在自己半饥饿的碗里品尝过了。祖父死后，他种在我儿时屋檐下的几棵橘子树也枯死了。从此，橘子树挂满果实的枝条，从一面面篱墙后伸出，伸在我的头上，星空一样遥远。十几年后，她在北京风雪的街上，等着我的星星坠落，坠落成她脚下的橘子皮。那个捡橘子皮的女孩……在星星和橘子皮辽远的光年间，我和她十几岁的距离太近了。

她是资本家贫苦的女儿，因为她父亲是没有资本的资本家。一种真实的荒诞。上中学了，她除了学工，学农，挖防空洞，甚至连国庆节，都不能和同学们一起，在天安门广场站成铺天盖地的"万岁"字上一朵小花。她躲进了书，书，又使她在初一就受到全年级红卫兵的批判。受批判和自我批判的十二岁。我在哪里？我害怕被斗，更害怕斗人，做一个观斗者我尤其感到痛苦。没有第四种角色留给我。

没有了书，就只剩下自己的歌声——她是天生的女中音。但是她甚至没有中学的舞台。直到初中毕业，一个国家级文工团来校招生，学校"红色宣传队"的歌手们歌声嘹亮之后，主考的音乐家们却从无权报名的同学中选中了她。他们知道，中国姑娘一万名女高音中才有一名女中音。可是驻文工团的军代表又只选出身而不选歌喉。歌声从此哑默在她的喉间，正如诗在我的心中不敢生长成语言。

"我们可能失去了整个世界，唯独没有失掉自己。"她说，一个比神谕更难寻觅的人间肯定，我们。

我们结婚了。1983年5月23日是永远改变了她和我的日子。

这也是一分钟也没有改变世界和历史的日子。因为，同样注定的，世界和历史一分钟也没有改变我和她的寻找与相遇。

她不是为了改变一次世界和历史，而温柔了一场革命或者艳丽了一场战争的伟大女人。我也不是为了贝雅特丽奇似梦非梦的面影和婵娟若有若无的叮咛，而写《神曲》，著《离骚》，走进地狱或者叩开天庭门扉的伟大男人。我们不是。甚至，面貌与面貌已经重复到遮蔽了面貌并且遮蔽了世界，名字与名字已经重复到淹没了名字并且淹没了历史，以致我们再也找不到一副不遮蔽自己面貌的面貌和一个不淹没自己名字的名字了。

　　生命真实的相遇，我和她互相认出的面貌就是时代的面貌，互相叫出的名字就是今天的名字。像是二个人的装置艺术，我进入了她为我后设的现代传说。

　　但是爱情是场永久的战争。那种不战而胜的得意，不过是我四十岁时最后的浪漫。真正的挑战很快就直逼我的面前：一个青年剧作家以他全部青春的疯狂追求她。如果说在婚前，是那些追求者们一个接一个自行溃败了，那么是在婚后，我才第一次面对不可逃避的搏斗。两个飞翔着的太阳轰隆隆地碰击，谁先坠毁？谁先击破对方的轨道？我是不能败退的。这时，仅仅在这时，我才在五十岁的时候狂热了生命的第二个二十岁。

迷狂的时刻！是的，战争。我和她的战争引起我和他的战争。如果引起的是她和她为我的战争而不是我和他为她的战争，那该多好。也许，永远的失落，是因为没有引起第三场战争，她和她的战争，我和他没有开始战斗就已经各自失败了一半。我的什么"生命场上的三重战争"理论，多少有些像是某种自我排遣的纸上烽烟。好像空间消失了，时间停在零，我和她还是那场古典战争的继续。还是她轻轻举起古战场，在巨鹿，在鸿门，在垓下。还是水的焦渴，燃烧，还是大火，寒冷得三月不灭。还是最早的焦渴最先成为水，在没有水的世界。还是在水之上，火之上，推倒了十二座金人，力，全部静止在她的曲线。还是，最后还是由我和她的战争决定我和他的战争。他也好像是第一次卷入了一场没有取得胜利的战争，以一种走进回忆录的姿态惆怅地退场了。祝福他去遭遇另一场她与她的美与美的战争吧。而我，还能够打赢下一场战争吗？

迷乱里，连经史子集上古老的象形文字也为她迷乱了。不必假装什么天才，我的灵感不过在她的唇边——我的词语一到她的唇上就改变了年龄，年轻了。我居然也有了一个和蝴蝶和鲲鹏一同飞起来的天外的想象。一座座红楼，未老的、将老的、已老的词语吃尽红唇上的胭脂飞出，石头的天空破了，银河外又一重绯红的空间，红移。词语的曹雪芹运动。跟随她，我，一个新的主语诞生了。我召回属于自己的全部名词、动词、形容词，重组语言的新秩序。从此或者谎称或者假名任洪渊的词语运动？

第二个二十岁，我将临的黄昏变成重临的第二个早晨。

那么她的二十岁呢？十年无痕。上班，厨房，女儿，种种东方女性的奔走和劳碌，她还是我第一次看见的她。仿佛是一个不会老去的少女时代，总有天纵的少年把她看成可以殷勤送花的同代甚至同龄少女。仿佛这也是阳光的理由：她天成的美丽，开放在时间之外，四个季节之外。

但愿我的第二个二十岁不要凋谢在她的二十岁前。

1991 年 4 月

《散文选刊》，1992，NO.8

人：本体的黑暗／语言的自明

非常好，我13岁才有父亲，40岁才有母亲。大概没有什么情结或者恨结束缚着我的童年。我不必害怕，因为我没有母亲可恋，也没有父亲可弑。那么长久地，我连找都找不到他们，又有什么罪恶的恐惧需要逃避？既无须像那个王，离乡背井地逃亡；也无须像另千个王子，在智慧和行动、复仇的意识与自谴的潜意识之间痛苦地犹豫。孤独的童年把生命原初的力埋得很深很深。需要等一次发自生命最深层的巨大震动，而且对我来说要等到40岁之后。

等我遇见她，F.F.

那是1976年4月在一次"大批判会"上。红卫兵过后，还要唤起坟墓中的黑色亡灵，秦皇，商鞅，韩非。一个崇拜红色的年代和一个崇拜黑色的朝代如此遥远地重合在一起。一种新的理性秩序建立起来了。我们来到这个世界的唯一目的和意义，只是为了给一个伟大思想作一次渺小的证明。出于恐惧，便禁书，焚画，毁雕塑，禁住她颠覆一切的诱惑的影子：禁安娜·卡列尼娜的让人不能不回头的眼光，禁蒙娜丽莎的谜一样的笑，禁罗丹空白了身躯和四肢的无名无姓的《思》。

但是禁不住她，我们相遇了。生命的一次微颤就突破了全部神圣的禁锢。一种美学就在那相视的一瞬间产生了。这里暂且不谈那双眼睛，*洪水后最早的黑陶罐存下的一汪清莹*。也不谈那多梦的额角，将使所有白色大理石都低下冥想的头，倾听。当时我觉得，不仅是我，还有那么多美丽过世界的女性，连蒙娜丽莎，都从时间的暗影下注视着她。仿佛她们能否再青春一次，美丽一次，就完全看她是否也对她们回望一眼了。尽管有水，火，时间和死亡，*蒙*

娜丽莎的笑在她的唇边，没有成灰。不是由于蒙娜丽莎神秘的笑，她的唇边才有笑的神秘。相反，是由于她笑了，蒙娜丽莎的笑才没有在嘴角枯萎；不是蒙娜丽莎的笑照亮了她的面容，而是她的笑照亮了蒙娜丽莎的面容。她的笑才是最初的。因为她，画里，诗里，神话里，甚至埋葬在厚厚的坟土里的迷人女性，再一次活在我们的四周，与我们相追逐。

在她的面前，从宋玉高唐赋中走出的神女，立即死了。宋玉的高唐梦，曾经是一个美的极限，从那以后，中国每一个飘载着女性的想象似乎都再也飞不过神女高唐的高。已经晚到1982年了，参加秭归诗会的当代诗人们船过巫峡巫山下，我发现，就没有一个现代眺望不顿时掉进宋玉高唐的古典里。但是在她的面前，巫山云雨藏着的，不过是一块又瘦又冷的石头。一个已经够了。**望夫石，神女峰，阿诗玛的黑色石林……我的土地，再也背负不起一个冰冷成石头的期待和呼唤。**这块土地背着太多无思又无梦的石头的沉重。更不用说还有多得无可计数的神们的碑，佛们的塔，帝王们的陵墓，和倒在荒草中的一朝又一朝官殿的断柱了。她改变了宋玉们的美学。代替宋玉们飘渺在山山水水间的幻影和无望的守望与无期的期待，她的形象把现代美学带给了长江和黄河，燕园和清华园，王府井和南京路。作为我的纪念碑，代表今天。

在她的面前，我开始了没有第一次青春的第二次青春。不曾有过花朵，就开放一场初雪吧。水的燃烧，雪的缤纷。由河里的浪，到海上的潮，再到长满蓝天的白色的花萼，几度空间又几度时间，纷纷的白火焰，烧毁了冬天。一场最后的也是最高的花。但是，这仍然是生命的光华灿烂的亮层。沉入生命的深层就像进入太阳中心一样黑暗。生命本体是一块黑色的大陆。生命也和太阳一样，不能被照亮，只能自明：由生命自身的语言之光。

好像是早已安排好的，由我一岁的女儿T.T来给我再现女娲的语言。1986年初夏的一个晚上，我抱她到阳台上去玩，并非在等待什么奇迹的发生。她已经开始学语。她的小手指着夜空最圆最亮的一点。那是什么？月亮。她便欢呼地叫着：月亮，月亮。在她的叫声里，抛在我天空的那么多月亮，张若虚的，张九龄的，李白的，苏轼的，一齐坠落。天空只留给我的女儿升起她的第一轮明月。这是她的月亮。她给自己的月亮命名。从一岁到两岁，她天天都在给她的新世界命名。她的生命——世界——语言一同在生长。

她只不过从我这里借去了语音的符号而已。仅仅是声音。她把语言不堪负重的历史和文化的陈旧意义，全部丢在她童年世界的外面，尤其是当她即兴自言自语自唱的时候，她连语音都不必向我们——向成年的甚至衰老的世界借用了。那是她自由创造的语言：是生命的天然声韵，节奏和律动。我不能理解却能够共鸣，像音乐——上帝的语言一样。

可惜，在她和母体之间，由于不能像剪断脐带一样剪断的语音的连结——精神的血缘，历史和文化的世界很快就会压垮她的童年。她今晚升起的月亮仍然落在古老的天空。她一岁开始建立的依旧是一个几千年的世界。

不过我此时此刻在倾听她的童音。白发的年岁这么近地俯看着自己的第二个童年。苍老的人类回顾着创世纪。我的第一个童年，像神话时代一样遥远而不可知。我在回忆中找到的是一个老了的孩子。而今夜，我女儿的那一声声"月亮"，震落了别人抛在我天空的一切，震落了年岁和历史，语言支撑着的古老的世界倒塌了。这是一个生命充实的虚空，一个创世纪的开始。我能第二次找回女娲的语言吗？我已经把衰老的语言交给了女儿，不知道是否能够再从她那里接过从生命中重新生长出来的语言。这场更新语言的童年游戏将有怎样的结局？只有这一次，我再不会有第二个童年了。

再没有比这更好的安排了：她和她的女儿，F.F 和 T.T，一个引我沉入生命本体的黑暗，一个为我升起自明的语言之光。因为她们，我才能够在 40 岁以后，和一个又一个20 岁一起，一次又一次开始。人面对着一重又一重两难的相悖的困境。既然她们已从我的面前朝前走去，留给我的唯一的选择就是征服：生命／文化。时间／空间。今天／历史。语言的叛乱／征服，有言／无言。

生命／文化

　　人使生命成为一种文化形式。或者说文化的生命形式就是人。连大自然都被人文化了。我们一诞生，就生活在文化里，生活在前人的思维方式感觉方式即他们的语言方式里。天上的地上的通向神通向人的路，早已被屈原走完。陶渊明的那一篱菊花温暖了每一轮带霜的夕阳。张若虚抛起的月亮最大。泰山是杜甫的高度。在天上的黄河奔流成李白之后，后来的苏轼就赶忙浪涛成长江。而美丽的，少女的血已在李香君的扇上开成桃花，泪花，则在林黛玉的黑眼睛里开到最灿烂。青春的梦已在《红楼梦》里做完。女娲之后的一切都陈旧了，还剩下什么留给我们第一次体验第一次命名？

　　我们走进的只是前人的语言世界。我们只不过在前人的文字中流连忘返。我们越是陶醉，就离自然界的真实和生命本体的真实越远。

　　而且我们的生命开始衰老。我们当然曾经有过一个英雄的时代，但是古战场上的英雄们一个个走进了《史记》。

在那个铁战胜铜的时代，雄伟的，齐楚燕赵韩魏的兵戈，还有朱亥的锤，鲁仲连的箭，荆轲的匕首，都已被秦始皇收去，铸成十二尊巨大的铜人，胜利纪念碑般结束了一个时代。的确也只有十二座金人才配作那个英雄时代的纪念碑。战国：百家和列国，学派和战场，雄辩和刀剑。自由的生命，一些人用头脑和智慧，另一些人用唇舌和语言，更多的人用身躯和热血，完成自己。项羽是英雄时代的最后一个英雄。历史在等他推倒十二座铜像的力。等他把秦代的黑色焚烧成七百里的大火，照亮太阳照不亮的黔首。等他最后一剑砍下自己的头，点燃自己的一柱血，照亮生命：那是原始生命力的最后一次辉煌闪耀。等他倒下，一个巨人的时代也就完成了。可以长出百家的头，却只有一颗心。剑，横在头与心之间，乌骓马踏痛了今天。

先秦青铜的狞厉，盛唐石刻的静穆，宋塑的温润，明清文人画上的空绝与孤寂——历史向上的路也就是生命向下的路？也许转折发生在宋代。在山西太原晋祠圣女殿，一个压抑着的宋代冲动，还撞击着今天。她。四十八种美丽一齐朝我走来，哪一个是她？四十八种美丽也走不出丝绸，一层东方的柔软。一块块再捏不出男子汉的泥土，古典成了宋瓷。她的影子倒映在清代，金陵十二钗又十二钗又十二钗又十二钗，四十八种美丽也没有使贾宝玉成为男子汉。没有一个男子汉。石头。泪水，笑声，雪，一半还未开成蔷薇的刺，刻出春天红梅的剑锋，都刺痛不了刺伤不了这块石头。儒家的修身，道家的空幻，释家的轮回，生命已经还原为石头。一份有趣的社会调查询问当代少女：在世界文学名著中她们最不喜欢的男主人公是谁？贾宝玉！这是曹雪芹在地下等了二百多年才等到的回答。胜过了旧红学和新红学，当代少女们用黛玉宝钗湘云晴雯尤三姐们一样的幻灭，解构了曹雪芹的辛酸泪和荒唐言。

回到女娲。人首蛇身。我终于从野兽的躯体上探出了人的头——我在太阳下看见了自己，太阳在我的眼睛里看见了太阳。我不得不借助野兽的腿，逃出兽群和野蛮，我只能在野兽的脊骨上，第一次支撑人的头颅的重量。在人和兽之间，我已经抬起的头，不能垂下，这一轮反照自己的太阳……我的天色与眼色，一色。我的天象与心象，同象。我的天际就是我的额际，无际，没有最后的边疆。完成和自然的分离，兽的最后一步也是人的最初一步。在野兽脊骨上支撑的人的头，和逃出兽群和野蛮的野兽的腿：头与身——文化与生命的永远的分裂和冲突与生俱来。我们的女娲之问：是身躯吃掉自己长出的同己又异己的头，还是头压垮自己走出自然又走回自然的脚？头与身的永远的战争。这是人的第一悲剧。

我们还是来反观头与身——文化与生命的最近一次冲突，分离，重新相互寻找。不是什么哥白尼的太阳中心说击毁了人的宇宙中心位置，相反，正是在哥白尼的意大利天空下，人才第一次抬起了自己的头。正是在哥白尼找到了太阳的位置之后，人才找到了自己的位置。人的头靠向太阳，神殿冷寂，王座空虚。但是庞大的头颅压倒了身躯。失去支撑的头将像失去引力的星一样垂落。头颅开始寻找自己的躯体。也不是什么达尔文物种上升的线开始了人的尊严下降的线，相反，正是在达尔文进化的终点，人的复杂的躯体才代替自己简单的头脑整体地思考起来。生命的冲动压倒了思维的理性。开始了头对肉体的膜拜：弗洛伊德"性"的一神，还有"利己主义与利他主义"的二神，"贪婪，恐惧和荣誉"的三神……肉体本能崇拜的神已激增到几十个，而且有增无已。人的身躯膨胀而头颅缩小。头与身的又一次颠倒，颠倒再颠倒。

我们这个世纪还没有过去。匆匆地，第一批人来宣布上帝死了，第二批人来宣布人死了，第三批人来宣布什么？宣布死亡的死亡——但那已经是生，是复兴与重建，现在又还远远不是时候。1900年的尼采，强力意志的软弱生命死在永恒的日神精神酒神精神里。过去了30年，1933年的海德格尔，生命澄明在纳粹党的晦暗中。又过去了30年，1967年的萨特，自由选择了中国红卫兵的不自由。再过去30年？还有，从1915年的卡夫卡变成大甲虫，到1967年的马尔克斯长出猪尾巴，人已经异化到头也还原到头。这是人从形而上到形而下、从哲学到文学的双重危机。他们可能是本世纪最后几个想拯救自己、甚至是想成为上帝的灵魂。现在，第三批人来了，还有什么可做：再让尸首死亡成骷髅，再把废墟毁灭得瓦砾不留？分崩离析的世界只剩下历史与文化的碎片。没有上帝没有人。一个再没有破坏对象没有创造对象的世界只有难堪的寂寞。他们只好在旧世界的残垣断壁和断简残篇上东拼西凑：分离与重组，断裂与混同，并置与变位，仿古与复制，一个碎片拼贴的文化时代。

也许这就是F.詹姆逊所界定的"没有深度，没有崇高点，以及对历史遗忘"的后现代世界和后现代人。比起中世纪的宗教禁绝，当代人对自己历史和文化的自由遗忘，更加彻底。当年等待复兴，毕竟，在拜占庭覆灭的瓦砾和焚书的灰烬下，还埋藏着羊皮书和手抄本，保留下来了人类童年的古希腊梦。而现在已经解构到0。人可以无牵无挂地走进J.德里达打开的后现代的自由之门——"0度创作"之门了。不错，20世纪末的解构，解构了一切解构了解构，地球正转向0，又一个起点和自圆的轨道，这可能是一次不复制任何陈迹的真正创造的开始。

"碎片文化"也就是后现代文化？时间，如果对古典主义是不断川逝的过去，对现代主义是现在与过去"同时并存"的艾略特秩序，那么，对后现代主义，则是在现代与传统互撞中的时空碎片。但是，到底是什么在崩毁：是传统的碎片压倒了现代，还是现代把传统挣破成碎片，或者，是现代与传统同毁为碎片？我宁愿它是第二而不是第一和第三。也许，这是生命中时间意识的又一次高涨，现代人用自己的"现代"霸占全部历史的时空：无穷无尽的解构与重组，把以往文明的一切，连一块残砖断瓦都不剩下，作为新的材料，构筑自己"永远现在时"的生命世界。的确是生命的。在许多碎片文学和碎片艺术面前，我看到的不是文化的碎片掩埋了人的尸骸，而是人的生命又一次复合了支离破碎的世界。因为我在这些碎片上触摸到的，往往不是死灰般的冷寂，却常常是生命震撼的力度与热度。

生命从反文化始，却一定以成为一种文化形式终。人不能不是一种文化形式——上升为文化的生命和转化为生命的文化。从发誓不烧掉所有的图书馆和博物馆决不罢休的查拉的 DaDa 们算起，一场一场的反文化莫不是一种文化。为否定一切书而成了一本书。为轻蔑一切文物而成了一件文物。这第一度的反文化是生命的天赋。当生命作为一种文化形式存在，第二度反文化也就开始了：作为一种文化去与以前的和以后的全部文化抗衡——书对书。画对画。音乐对音乐。雕塑对雕塑。建筑对建筑。但是，在屈原抱起昆仑落日以后，你已经很难有自己的日出。在庄子飞起他的鲲鹏之后，你已经很难有自己的天空和飞升。在孔子的泰山下，你已经很难成为山。在李白的黄河苏轼的长江旁，你已经很难成为水。晋代的那丛菊花一开，你生命的花朵都将凋谢。

但是你必须有自己的地平线，远在前人的视野之外。而且，后来者如果不能突破你的地平线，他就别想走进自己的天地。

时间／空间

人从埋葬自己同类尸体的那一天觉醒了空间意识和时间意识。没有第二种生物收殓自己的遗骨。地上耸起的第一堆坟土就宣告了生的悲惨。在第一座坟墓前，人开始了面对死亡的沉思。永远以短暂抗拒永恒，以有限抗拒无穷，是人的第二悲剧。

可惜，赫拉克利特说他不能两次涉过同一条河的时候，竟忘记把这句名言说完：他也不能两次回到同一个岸。这是西方哲学严密的遗缺。河在流逝，岸也在流逝。在时间的赫拉克利特河上，空间的岸支离破碎地陷落。同样，赫拉克利特的太阳每天都是新的，他的天空也每天都是新的。太阳是时间的意象也是空间的意象。每天一片新的天空，把赫拉克利特的时间之线切断成点——一天一个太阳——一天一个落日，滚下。

赫拉克利特的河永远流在西方哲学里，而岸呢？太阳每天都是新的，而天空呢？其实，时空同一。既不存在没有空间的时间，也不存在没有时间的空间。时间涌动，空间在塌陷；而一层一层塌陷的空间，也把时间寸寸断裂。一瞬时间就是一片空间，一片空间就是一瞬时间。我们没有西方几何的头脑，以为有三维空间的房子，在等它变动不居的主人——时间，只有时间作为空间的一维，四维空间才构成一个运动变化的世界。我们似乎不想自讨苦吃，为一个原本无形的世界建立自己有形的思维维度，囚禁自己。同样是以水为喻的水边哲学，我们只作庄子式的望洋兴叹就心满意足了：由河的波澜到海的汪洋，河汇入海，海汇合河，一重时空展开另一重时空。

　　我在武昌上中学，家住在汉口。几年里，我每周都要两次乘船渡过长江与蛇山互相撞断又互相连结的地方。我觉得，是我的船在来来回回把断了的江和山连结起来。在古黄鹤楼的旧址，看山的一线无首无尾，江的一线无始无终，自己一下沉落在江与山互相穿越的无穷大的"十"字里：是时间？是空间？无限神秘的宇宙意识。好多年之后，康德《纯粹理性批判》结尾的沉思震撼了我："头上是灿烂的星空，胸中是道德的规律：此二者令我满心惊奇而敬畏，思之愈久，念之愈深，愈觉其然。"不管是不是曾有一个伸向星空的教堂尖顶的十字启示过康德，对于我，长江与蛇山相交的十字确实是一个天启的奥秘。

　　既然一个少年曾在这个相交点上站立过，仰望过，俯视过，那么，脚下江与山无边的十字和头上青空无限的圆，就是一个坐标，一个指向，结构了他的宇宙。

　　黄鹤楼正耸立在十字的坐标上。不同于西方教堂的尖顶，也不同于东方佛的圆塔，我的楼连结着现实与超现实的两极，在这里耸起，倒塌，倒塌再耸起。一重又一重时空崩塌在江与山的十字下，留太阳月亮龙蛇的影子在墓穴里，留死亡给金缕玉衣保存。我早就选择了长江和蛇山相交的地方，最古老的发射角，一朵楚天白云暗示我，把自己的直觉远射为黄鹤。鹤影，追回散落在天外的每一颗星，如一种可读的符号文字。我的楼穿越身上的十字和头顶的圆，接一只只白云黄鹤追我的黄鹤白云。

我感到侥幸的是，黄鹤楼上的李白只顾抬头望他的明月；而东坡赤壁，东望武昌，竟与黄鹤楼咫尺千里。他们把黄鹤、十字和圆留给了我。

人怎么能不飞出自己的黄鹤？人是注定被无限的空间与无穷的时间无可挽回地遗弃了。何时何处是他永久的居所？如果他不追随自己的黄鹤，追回自己生命的时间和空间，他将凭倚什么对抗绝对的空虚与绝对的孤独？

我到了北方。地平线旷远，落日浑圆。地平线和落日，还是那个十字和圆。不管走到哪里，不管离黄鹤楼多么远，我是永远也走不出长江与蛇山相交的神秘的十字和圆了。恢宏的宇宙感打破了时间空间的一切间隔。在北方，我一天一次面对地平线与落日的晚霞乱飞的撞击。落日撞沉了地平线，也把地平线浮动的天空撞沉在暮色苍茫里。地平线上涌动的黑暗淹没了落日，也淹没了落日落下的一天。站在北方的落日与地平线之间，我每天都被最明亮地碰击一次，也被最黑暗地沉落一次。夕阳，把我和李商隐，拉到同一条地平线上。黄昏涨着——从他的眼睛涨过我的眼睛。就是这一次落日落成了永恒，半沉的，在他的天边在我的天边。……而我把我的夕阳抛下了——抛成一个升起，给另一个天空。我的升起会降落为他们的夕阳，在他们的天空下和我共一个黄昏。夕阳与地平线，时间与空间，互相垂直、相交、重合，同一：冲突的十字与和谐的圆。同一个夕阳，撞沉了所有的地平线，空间消失了，或者所有的空间重叠在一瞬间——时间化的空间，是永恒。同一条地平线，淹没了所有的夕阳，时间消失了，或者所有的时间汇入一片空间——空间化的时间，是永恒。

无时空体验也许是生命最神奇莫测的秘密了。当生命在这一瞬间突然明亮起来，时间和空间对生命整体的无穷无尽的切割与分裂便消失了，消失在这一瞬间的一派澄明中。时间从前面涌来，冲倒了我的今天，冲倒了二十岁，三十岁，四十岁，倒进历史。时间涌过，空间在崩溃。还是第一次月出，第一个秋，第一座南山，第一杯酒。第一个人。第一个人。第一次生命。时间和空间由你开始由你结束：时间的0度和空间的0度。这一瞬间就是此刻就是最初就是最终。这一片空间就是此地就是来处就是归处。这是生命最纯净的显现：是创世也是终古。

故乡在哪里，空间化的时间和时间化的空间，空间的０度和时间的０度，可能是被无限的空间和无穷的时间抛弃的人，所能为自己建立的唯一的一个永恒的自由的家园。这种非宗教非哲学非美学亦非心理学非生理学非物理学的纯粹生命体验，就是东方智慧"生命时间"的秘密。让愿意成佛的成佛，愿意当上帝的当上帝。人只还原自己就足够了。还原在空间化的时间和时间化的空间，空间的０度和时间的０度。天国与地狱，此岸与彼岸，都在今生在此身。毁灭与创造，沉沦与超越，同在人自身。一生就是整个宇宙和全部历史。

今天／历史

我们遗失了今天。因为历史留住了我们。

中国诗人要有历史意识，不必等到25岁之后。27岁就早死的李贺也活了几千年的历史。有那么多秦王喝月倒行的醉，汉武帝铜入铅泪的重，如烟如幻的苏小小的轻，让他经历不尽历史的长。

在我的故乡四川邛崃（古临邛），我一步就走进汉代，走进司马相如堆砌成了赋的岁月。我从小就吃着汉代的盐。历史一直停在汉的盐与铁里，停在卓文君、司马相如的琴与赋，井与酒里。

我的大学在北京西北郊。蓟门。幽燕。这里的太阳早被古人白了冷了。这里的天空早被历史寥廓了凛冽了。我也在这里的剑气和筑韵里慷慨悲歌。我总想在幽州台上量一量我寂寞的高度，悲怆的高度。我尤其是想在诱人的黄金台上量一量我知识分子的现代价值。尽管幽州台连残迹都没有留下，但我时时回头，总想碰见幽州台上那双最孤独的眼睛，碰掉眼眶里的千年孤绝。一千年又一千年，一双双被时间隔断的眼睛，自己燃烧又自己熄灭了。幽州的白日，被距离隔成孤零零的眸子，寒冷的发亮。仰起头，接滚过幽州的泪滴从我的脸上落尽，尽落谁的脸上？

在这块土地上，我们生存的困境，不在于走不走得进历史，而在于走不走得出历史。我们的生命只是复写一次历史而不是改写一次历史。这是我们独有的第三悲剧。我们总是因为寻找今天的历史而失掉历史的今天。总是那些埋葬在秦汉古墓中的人物使我们生活在秦与汉，而不是我们把秦汉人物召唤到今天。总是他们改变了我们的面影身姿语言，而不是我们改变了他们的面影身姿语言。我们总是回到历史中完成自己，而不是进入今天实现自己。我们的生命在成为历史的形式的同时丧失了今天的形式。

我生命的一半，流浪在历史的乡愁里，另一半，漂泊在空幻的未来。就是没有今天。帕斯卡尔有他的"火之夜"，用生命的一场大火照见了他的上帝。我等待着自己创世纪的第一个早晨。我把自己的苦闷和无边黑夜的一角，揉痛了，揉红了，红成第一只雄鸡的冠，昂起我的第一个黎明。时间开始了。第一个早晨。我把自己的太阳，挂在死亡挖得空全洞洞的眼眶，一齐挣开这个早晨，充满了现实。今天破晓。在今天的太阳下，旧庙里供奉的都是今天的偶像，故宫里上演的都是现代的悲剧，古墓里的亡灵一个个作为现代人醒来。由于都是出土在今天，骊山下秦王兵马俑威武着现代的仪仗，马王堆的那具两千年前的女尸也窈窕着现代女性美。在徐悲鸿的油画上，屈原的山鬼赤裸着巴黎的曲线。也不是青年音乐家谭盾那一曲东方的古典的《南乡子》，使一双双现代的美国耳朵，突然东方了，古典了；而是一双双美国的现代耳朵，使谭盾的一则东方的古典情绪，突然美国了，现代了。

同样的，不再是司马迁让我走进他的《史记》，而是我让司马迁和他《史记》中的儿女们走进我的今天。司马迁被阉割了。不是男性。也不是女性。但是生命因为残缺而完整，无性，他成了真正的男子汉，并且爱着每一个真正的女人。日和月同时撞毁在他的身上。天地重合的压迫。第二次他从撕裂自己分开了世界：一半是虞姬。一半是项羽。疯狂的创造欲，他在无性的女娲之后第二次造人：不用黄土了，就直接借那些横陈在英雄时代的英武的美艳的男女尸体。横陈，他们都不过是他过去生命的未曾收殓的遗骸——他生命的历史形式。血和泪沿着他纵横古战场的文字流回倒卧的尸体。他们作为他的儿女活了，活在他的汉代，永远和他活在《史记》中。等一双又一双唐的宋的元的明清的手，翻开《史记》，放他们到唐，到宋，到元，到明清。我的手翻开了《史记》的今天：在司马迁之后我赋予他们第三次生命。伍子胥。头，碰不破黑夜，碰落了所有的白天，一步踩过。一生用最黑的一夜辉煌百年。白发一根一根，生长漫长漫长的死亡。一夜摇落黑发上的全部太阳，几万次日出一齐轰击头顶：一个白洞。昭关，每一个黑夜陷落。

生命只是今天。

历史是穷尽今天的经历。神秘的引力场，十八年，连历史都会有一次青春的冲动：红楼梦里的梦还要迷乱一次。桃花扇上的桃花还要缤纷一次。生命在今天历尽。历史在今天重写一次。

那么明天呢？明天已在今天过完。

语言：叛乱／征服，有言／无言

　　我在一个个汉字上凝视着自己：汉字的象形呈现着我的形象。黄河流着，我的头，身，四肢，流成象形文字抽象的线，笔划纵横，涌流过甲骨钟鼎竹简丝帛碑石，几千年的文字流还在汹涌。我的墨色的黄河。黄河还没有把我的头身四肢流成拼音字母几何的线。但是我形与神原始组合的古老文字却启示了蒙太奇语言——一种新思维。最重要的是：我的文字——语言没有拖着沉重的词尾。摆脱了词尾的语言逃脱了语法。我当然不是说，那些拖着词尾的语言还爬行在某种进化的阶段。我不知道，我的语言是还没有成熟到长出词尾，还是已经成熟得丢掉了词尾？但是我知道，词尾妨碍了语言的驰骋和飞翔。拖着尾巴的词和拖着尾巴的人一样是不自由的。我甚至设想，也许一个中国人要想进入现代数学和现代物理学，就必须首先学会一种西方语言的思维；而一个西方人要想进入现代诗，也必须首先或深或浅地进入汉语尤其是古汉语的无语法中。该在汉语中自问：我的诗充分享有汉语言的自由天赋了吗？

是西方人最早感受到了被自己的语言淹没的痛苦。语言创造着也毁灭着人。为了不致一沉到底，语言学家们指出的语域混淆、词语移置、隐喻转移、创造性偏离种种语言现象，都不过是人越沉越深的挣扎而已。于是现代西方人爆发了语言对语法的叛乱。本世纪多种流派的生命哲学和形式主义语言学都在寻找生命澄明的元初语言。而诗是生命和语言最初和最后汇合的唯一存在。可是现代诗或多或少让生命和语言同时失望：现代诗既不是语言显现的生命，也不是生命显现的语言。在西方语法严密封锁的关口前，西方现代诗人无不一一陷入一批又一批扭曲的、残缺的、伤痕累累的词语中。叛乱的语言完不成语言的征服。仿佛世界多一个现代诗人就多留下一批受伤的词语。思与诗同在的语言，假如不是离现代人比任何时候都更远了，至少也不是更近了。人被破碎的语言更浑浊地淹没了。

汉语，哪怕是古汉语，也同样拯救不了当代中国诗人。云篆。隶。楷。狂草。解体又重构那一朵沉重的飘浮。金石木铅，仿宋仿唐仿汉仿秦，复印的复印，没有一朵订死在天上。天空已经旧了。汉语虽然还没有完全死在语法里，但是几千年它已经衰老：名词无名。动词不动。形容词失去形容。数词尽数。量词量尽。连接词自缚于连结。前置词死在自己的位置上。……语言的衰老不能靠衰老的语言去复苏。让语言随生命还原：还原在第一次命名第一次形容第一次推动中。

给名词第一次命名。谁命名？命名谁？名词命名一次就死亡一次。无休无止的命名之后，只剩下空空洞洞的符号——无名的名词，既掩盖了命名者又掩盖了命名物。我突然惊惧地看到，我已闯进一个无名的名词世界，一个有名得空无一物的世界。不是我命名名词而是名词命名我。我被命名一次就失名一次。从头到脚，从感觉到智慧，名词名词名词。于是世界少了一个人而多了一个无名的名词。应该由我来第一次命名。命名：人，世界，名词，一同诞生。我有幸碰上了阿波罗登月的不幸的一脚。最后的月亮落在我的眼睛里。几千年，地球已经太重。承受我的头脑，还需要另一片土地。头上的幻想踩成现实，承受脚，我的头该靠在哪里——人们望掉了一角天空，我来走一块多余的大陆。在人们晶亮地叫完月亮之后，我来走完月亮的晦暗。这是我的第一次命名，在争名几千年的百家之后，我命名了几个名词？

给动词第一动力。谁推动？推动谁？所有的动词都已被行星般地抛入了固定的轨道。没有一个能够像彗星一样逃逸出来。除了重复不变的轨迹，没有自己的动力、方向、道路的不动的动词，运动着一个静止的世界。当我发现，不是我推动动词，而是动词推动我的时候，我绝望了。每一个动词都以不可抗拒的惯性把我拖入它盲目的轨道，令我不由自主地亦步亦趋，直到我失掉了自己的动因、目的、起点和终点，成了一个不动的动词。但是生命原始的冲动要反抗。人生来是第一推动者。这就要看人与动词谁更有力，谁能首先冲破对方原有的轨道了。

一旦打乱词语恒定的场，把一个个动词抛进新的轨道，世界就将按另一种方式运行起来。古云梦。云的一半滴为巫山雨，从宋玉的青春湿到我的青春。梦的一半醒为洞庭的思考，容得下长江漫长漫长的回忆。我总算推动了一个词，由它，一种秩序颠覆了。在上帝最初的一脚和牛顿的万有引力之外，我能够推动几个动词？

还原形容词的第一形容。谁形容？形容谁？今天的白形容昨天的白。今夜的黑形容昨夜的黑。我看到的，是一个在形容中失尽形容的世界，一个没有形容的形容词世界。而且连我自己，也因为接受了所有的形容而完全丧失了自己的形容。不是我形容形容词而是形容词形容我。我感到了一个没有形容的形容词的悲哀。*高渐离。当挖掉眼睛的一瞬，黑暗破了。生命痛楚得雪亮。……眼睛窥不见的神秘，银灿灿的泄露。无岸无涯。*形容：我还原了自己本真的形容也就还原了形容词的第一形容。我的高渐离的眼睛瞎得好灿烂。在千容一面的形容里，我形容了几个形容词？

还数词以无穷数。

还量词以无限量。

让连结词组合新的结构。

让前置词把世界置于新的时空。

语言的烦恼就是智慧的烦恼。西方哲人一直在寻找他们语言的家。里尔克还在那里不断地用诗呼唤那无名的失名的。海德格尔又在语言的澄明与遮蔽中痛苦彷徨，为了进入澄明而走进了遮蔽。到了维特根斯坦，更是无可奈何地一说再说他的沉默。东方古代哲人似乎不必寻找语言：

人自在语言中。他们一个一个在纵言无言、不言、忘言中雄辩地寄言立言。不言的老子留下了五千言，一言就开始了后人一个说不完的话题。庄子更是滔滔得横无涯涘，一片汪洋，至今还在每一种文字中泛滥。人是天生来说话的。有言与无言，说出与沉默，可说与不可说，都是语言。因为失名才需要呼唤，因为无名才需要命名。因为遮蔽才洞见澄明，因为澄明才笼罩晦暗。因为说出了无，才沉默着深不可测的有。语言活在言语中。没有言语，语言就将死去。哲学的思辨逻辑，自然科学的数学抽象，再加上诗的语言结构，便是人类智慧的三大形态。

语言的运动，在西方理性和逻辑的后面，也在东方"不立文字""无言"的后面。语言（尤其是汉语）运动的轨迹才显现生命的疆界。诞生在语言中，我从像是一个词的永远流放者，不能从一个字的边境逃亡，到只想走进一个汉字，给生命和死亡反复，读，写。我能否第二次找回女娲的语言——汉语言的自由与自由的汉语言？

1988

台湾大学《中外文学》，1990，NO.5

时
间
随
笔

托尔斯泰的时间词：历史编年中的生命瞬间

不错，《战争与和平》是一部编年史。

战争是从拿破仑秘密处决波旁王室后裔翁歧安公爵的那一天，还是从他更早的雾月18日开始？尽管开始之前已经有过无数的开始，但是历史总要假定一个开始。1805年，法军西进奥地利与俄军东渡多瑙河的奥斯特里兹会战；接着，1807年，拿破仑与亚历山大一世的提尔西特和平，两国的禁卫军向敌国的皇帝举枪致敬，两个欧洲王也将本国最高的荣誉团勋章和圣·乔治勋章，颁赠给互相厮杀中对方"最勇敢的士兵";最后,1812年,拿破仑在俄罗斯冰雪中的溃败完成了他在埃及骄阳下的远征,并且以放逐巴黎结束了他的巴黎凯旋。总之,拿破仑在19世纪欧洲出场和退场的那些纪年,就是历史。

这也是亚历山大一世的历史。从彼得一世近逼在邻国的炮口下修筑新都圣彼得堡的那一天,就开始了俄罗斯帝国的欧洲梦。亚历山大一世是第一个实现彼得梦的沙皇。他的1812年的欧洲,留下了神圣同盟,王政复辟,梅特涅秩序,这么多历史名词。不过,他也不曾预料,他进军巴黎与回师俄罗斯的路,竟一代一代成长起来了1825年绞刑架下和流放西伯利亚的12月党人,世纪晚期到民间去的民粹派,以及1917年攻打冬宫的带枪的工农。从《战争与和平》的《尾声》已经走出了他们的前驱者。

一个世纪后,欧洲这一东西逆向的运动,又沿着拿破仑与亚历山大一世的旧道,横穿波兰走廊,重演了一次希特勒在莫斯科城下的覆灭与斯大林的攻占柏林。俄罗斯从进军柏林的路上又走回了谁?

1999年,塞尔维亚人零落的枪声,像是他们世纪初激越枪声的余响。美、英、法、德的飞机和导弹轰炸喀尔巴阡山南麓的巴尔干通道72天，重兵进驻科索沃；俄军200伞兵也抢先象征性占据伏依伏丁娜机场。战争。和平。和平。战争。这又在预演什么？谁能够预见下一场结局？

历史依旧在《战争与和平》的编年史中。

但是，我却几乎把《战争与和平》史论的《尾声》，读成了太史公《列传》咏史的《乱曰》。对于我，托尔斯泰不能不在纪元、年代、日期里，即在兴亡、胜败、成王成贼的历史时间里叙述，这并不重要，重要的是，他在历史时间里那怀疑的一问：

假如我们承认人类生活可以受理性控制——
则生命的可能性就要被消灭了。[1]

历史中的生命可能性？托尔斯泰由此发现了他的历史微分学和积分学的"导数"。在无穷小的个人意向与其最大之积的历史动向之间，在个人意志与理性必然之间，正是生

---

[1] 托尔斯泰. 战争与和平（1）. 广州：花城出版社，1997, 407.

命的瞬间照亮了人，世界，历史的岁月，也照亮了托尔斯泰和他的上帝。

因为那个永远18岁的娜塔莎·罗斯托娃。因为她，几代人都曾有过"读《战争与和平》的最美丽的18岁"。因为同一种美学，何其芳的《〈红楼梦〉论》，也是从他的18岁的《红楼梦》开始的。

娜塔莎用她的一个16岁的夜晚，把月亮拉近了。那个月夜，她推窗，在窗台上蹲下，抱住自己的双膝——抱紧，尽量地抱紧，她觉得只要用力一跳就飞起来了。飞起来的16岁离月亮那么近。近了，从那一晚，对地上所有的人来说，不再是月亮点缀了娜塔莎的梦，而是娜塔莎的梦点缀月亮了。

从她参加的那一场家族节日般的冬猎，听六弦琴上的谣曲《大街行》，唱"夜来初落雪"的猎歌，跳土风浓郁的俄罗斯民间舞，到圣诞夜的化妆驰游，雪橇队滑过与月光连成一片的林中雪地，再到被她不惜毁灭自己的激情狂热了的一个严寒的冬日，差半步随一个浪子雪夜私奔，娜塔莎有了四季之外的第五季，一个芳菲的雪季。

在撤离莫斯科中途的一间农舍，在重伤垂危的安德来身边，娜塔莎守护过了她 19 岁的一个个寂静的秋夜。那些长夜一个比一个深，一个比一个远，深到远到一切的边界都消失了，深到远到失去了一切也抵达了一切。

因为娜塔莎，因为那个伸手可及的娜塔莎月亮，要飞天的 16 岁，烂漫的雪季，以及那些她虔诚守护过的在上帝身旁的宁静秋夜，人类总算有过一个梦幻、追求、献身的狂乱和自我完成的完满的世纪，浪漫的 19 世纪。

安德来·保尔康斯基第一个望见娜塔莎16岁的月亮。娜塔莎时间同时是安德来时间。像是安排好的，那个月夜，安德来正好伫立在娜塔莎下一层楼的窗前，娜塔莎的月亮，离她和他同样近。他预感到，她的笑声、歌声、要飞起来的梦和她本身，不能与他无关。第二天，在返回田庄的路边，他再次看到了那株老橡树：

> 老橡树完全变了样子，撑开了帐幕般的多汁的暗绿色的枝叶……既没有生节瘤的手指，也没有瘢痕，又没有老年的不满和苦闷，什么都没有了。[1]

---

[1] 托尔斯泰.战争与和平（2）.广州：花城出版社，1997，591.

已经是俄罗斯春深的 5 月。早春，他路过时，在白桦林的一片新绿中还固执地拒绝太阳和春天的苍老的橡树，现在也一树葱郁。树犹如此，老橡树不能抗拒的，31 岁的安德来也不能抗拒。

在走过他的橡树之前和之后，安德来两次倒在战场上。同样的军功、荣誉和英雄主义，在奥斯特里兹，当他第一次倒在军旗下的时候，临近的死亡使他"看见了头上遥远的、崇高的、永恒的天"[1]，而在保罗既诺，当他第二次被霰弹击倒的时候，最后的生命则使他经历了死亡的觉醒，"先前遮着未知物的幕，现在，在他心灵的幻境中揭开了"。[2]

在奥斯特里兹，他随手中军旗倒下那个呻吟的傍晚，是永久的。他所有的早晨都不曾有过的开始，从那个傍晚开始。

[1] 托尔斯泰．战争与和平（4）．广州：花城出版社，1997，1570.
[2] 托尔斯泰．战争与和平（4）．广州：花城出版社，1997，1369-1370.

在童山庄园，他与来访的彼埃尔乘船渡过一条秋水泛滥的河。彼埃尔在船上对他说起"善与真的地上王国"。从此岸到彼岸，他从奥斯特里兹拿破仑英雄梦的幻灭走向保罗既诺真实生命的完成。渡口的夕阳和水泽上星一样凝结的暮霜，也是永久的。在他此后的无数黄昏，那一轮夕阳，将沉，而始终未沉。

撤离莫斯科，从梅济锡农舍，特罗伊察修道院，到雅罗斯拉夫伏尔加河滨罗斯托夫伯爵家的临时居处，安德来濒临死亡的那些秋寒的长夜，那些微弱的月光烛光映着娜塔莎憔悴的脸、无言的祈祷与手指无声编织的长夜，那些在户外远近的虫吟声里静听着什么的长夜，长过了他侘傺34年的生命，也长过了他漫无尽头的死亡。

娜塔莎时间也同时是彼埃尔时间。如果安德来有一个娜塔莎16岁的"月夜"，那么彼埃尔·别素豪夫就有一个娜塔莎19岁的"彗星之夜"。在那个寒冽的冬夜，好像是娜塔莎那双动人眼睛含泪的一瞥，引来了掠过星空的1812年彗星：

这彗星，似乎以无可比拟的速度，顺着抛物线的轨道飞过无限的空间，忽然，好像一支射入地球的箭，插在黑暗天空中它所选定的地方……[1]

娜塔莎的目光和闪烁着长长光弧的彗星，改变了彼埃尔生活的 27 岁轨道。

彼埃尔在望见他的彗星之前和之后，也两次走过黑洞洞的枪口。第一次，他在决斗的枪口下，在生命和死亡临界的一刻超越了生死，走过枪口，他感到自己是通向上帝的漫长台阶上"幸福的一级"[2]。6 年后，他又在法军行刑的枪口下，第二次在生命和死亡临界的一刻超越了生死，走过枪口，他感到从眼前的森林，田野，直到望不到边的远景，天和星，"这一切都是我的，这一切都在我的心中，这一切就是我"[3]！彼埃尔从枪口中洞明的"这一切"就是他的上帝。

---

[1] 托尔斯泰. 战争与和平（2）. 广州：花城出版社，1997，841-842.

[2] 托尔斯泰. 战争与和平（2）. 广州：花城出版社，1997，543.

[3] 托尔斯泰. 战争与和平（4）. 广州：花城出版社，1997，1418.

彼埃尔在决斗的那个早晨才第一次看清了自己。那一天，好像不是太阳耀眼的早晨掉进黑森森的枪口，反而是黑森森的枪口掉进了太阳耀眼的早晨。那是一个他自己升起来的早晨。

此后，还有保罗既诺战场弥漫的晨雾，莫斯科大火之夜那一弯橘红的新月，以及被溃退的法军押送路上的早霜、照耀着新贞修道院圆顶与十字架的曙光和寒冷的秋天的薄暮，又都仿佛不是自然时序的景象，而是彼埃尔自己心绪的意象。

尤其是，在彼埃尔陪绑行刑后的那个最黑暗的夜晚，他经过一次生还的死亡，因为他的世界崩溃了。到卜拉东·卡拉他耶夫被枪决的前夜，在宿营地一堆旷夜的篝火旁，那个永远微笑着卡拉他耶夫清癯、苍白面影的夜半，那个永远低语着卡拉他耶夫病弱的"上帝最后的饶恕"的夜半，彼埃尔又从卡拉他耶夫的死亡中再生了——他的眼睛重新望见的，已经是上帝的世界。

娜塔莎·罗斯托娃虽然未能成为娜塔莎·保尔康斯卡娅，她已经给了一半：少女和情人的一半，美丽、激情和梦幻的一半；尽管她成了娜塔莎·毕素豪娃，她也只剩下

264

一半：妻子和母亲的一半，家庭、子女和厨房的一半。如果这肯定是托尔斯泰主义最可笑最可疑的地方，那么，托尔斯泰不管他之后会有一个弗洛伊德与他的俄狄浦斯，已经在娜塔莎的女性世界，展开了行动的安德来与思想的彼埃尔互补、换位与完全重合的统一的男性世界，就简直是一种神启神助的智慧了。在娜塔莎身边，安德来临终最低微的一个词是"回到最普遍的永恒来源里去"的"永恒"[1]，相反，彼埃尔后期最响亮的一个词是"到行动的时候了"的"行动"[2]。像行动的安德来实现在自己的思想里一样，思想的彼埃尔完成在自己的行动中。

娜塔莎，安德来，彼埃尔，他们的一生也就是一系列追踪日、月、星辰、花叶、风霜和季候的时间词。但是，在托尔斯泰的书写中，娜塔莎的月夜，雪季，秋夜，安德来的傍晚，夕阳，长夜，以及彼埃尔的晨雾，早霜，薄暮，新月，曙光和夜半……与其说是他们身外的自然现象，不如说是他们自身的生命现象，也就是说，这些时间词与其

[1] 托尔斯泰．战争与和平（4）．广州：花城出版社，1997，1369.
[2] 托尔斯泰．战争与和平（4）．广州：花城出版社，1997，1622.

说是自然的一部分，不如说是他们生命的一部分。时间由自然的节律化入生命的节律。

《战争与和平》"尾声"的第一句"Прошло семь лет после 12-го года"（1812年之后7年过去了）[1]，好像是屠格涅夫式悠长"Эпилог"（尾声）的一个悠远叠韵。《初恋》的"Прошло года четыре.······в один прекрасный вечер"（4年过去了。······一天晚上）[2]，《罗亭》的"Прошло еще несколько лет. был осенний холодный день"（又过去了许多年。那是一个秋寒袭人的日子）[3]，《贵族之家》的"Прошло восемь лет. опять настала весна"（8年过去了。又逢春天）[4]，直到《处女地》未尽

［1］ Л.Н.Толстой，Войнаимир，Т.3-4 ГИХЛ，М. 1955，СТР. 669

［2］ И.С.Тургенев，Собр. соч，В10-х，Т. 6，Гослитиэдат，М. 1961，СТР. 248.

［3］ И.С.Тургенев，Собр. соч，В10-х，Т. 2，Гослитиэдат，М. 1961，СТР. 93.

［4］ И.С.Тургенев，Собр. соч，В10-х，Т. 2，Гослитиэдат，М. 1961，СТР. 224.

的"Прошло года портора. настала зима1870 года"（半年过去。到了1870年冬天）[1]，永远是完成体动词Проити（逝去）的过去时Прошло，Прошло，Прошло，除了Прошло从不逝去，一切都在逝去。

屠格涅夫的"尾声"总是传来时间久远不绝的回响。虽然事件早已结束，人物早已退场，但是许多年之后又一个场景突然逼近，仿佛悲剧始终没有落幕，也不会落幕。屠格涅夫人物的背影走不出人们遥望的视线。这些背影一直走向空间无尽的远方与时间无尽的未来，甚至有时从"过去"转过身来。

时间在逝去，但是屠格涅夫在抗拒时间的逝去。

如果换一个视角，我们看到的，也许就不是屠格涅夫的人物走进"尾声"，而是从"尾声"走回。屠格涅夫的叙述，"现在"和"将来"已经如此靠近，以至他的人物，罗亭与娜塔丽娅，拉夫列茨基与丽莎，英沙罗夫与叶琳娜，等等，只要前进或者退后一步，就跨越了时间内现在与将

[1] И.С.Тургенев, Собр. соч, В10-х, Т. 5, Гослитиэдат, М. 1961, СТР. 359.

来的界限。但是他们或者她们都跨不出这一步。转身，并且走回，这是19世纪留给20世纪的一步，托尔斯泰、屠格涅夫们留给普鲁斯特、乔伊斯们的一步，由历史时间回到生命时间的一步。

《前夜》里的英沙罗夫与叶琳娜，有过一次盟誓般的问答：你会随我到任何地方？天涯海角！你到哪里，我就到哪里。仿佛就是这一问一答的回声，亚德里亚海的一次风暴过后，海浪把一具沉船上的棺材卷到了岸上，同时，集结在黑塞哥维那的军队里，出现了一位穿一身黑色丧服的端庄的女看护。在《贵族之家》，拉夫列茨基曾在丽莎的脸上看到，当有什么意外触动她最深的隐秘的时候，她的眉不是微蹙而是"微颤了一下"——几年过去，拉夫列茨基探访隐身在避远修道院的丽莎，她从一个歌唱席走到另一个歌唱席，紧挨他的身边走过，她"一直向前走去……一眼也不曾望他，只是朝他这一边的眼睫毛几乎不可见地战栗了"。丽莎的眉睫无声颤动了时间，哪是过去，哪是现在？在《初恋》的尾声，"死亡"，不仅突然叩响了"日子飞逝"的潮声，而且让"Все Прошедшее разом

268

всплыло и встала передо мною"（逝去的一切一下又全重临与再现在我的面前）[1]。"Прошедшее"（逝去了的）可以"всплыло и встала"（重临与再现）。时间在历史中的不可逆向，却在生命中倒流。因为回忆，那些"昙花一现的幻影"、那些"春朝雷雨的记忆"从背后涌来，屠格涅夫几乎快要有20世纪的时间读法了。

托尔斯泰与屠格涅夫的时间已经是历史时间的极限。从历史时间的钟面转换到生命时间的钟面，仍然需要时间。

《罗亭》。马车和辚辚的车轮声，简直就是漂泊者罗亭的身体向外延伸的部分。马车，和一条风尘风雨风雪的路，由米哈伊洛芙娜庄园台阶的近景，到无数驿站的远景，一直颠簸到地平线外。1860年版的《罗亭》"尾声"还加了一幕：罗亭随一面红旗倒在1848年巴黎巷战的一个街垒上。但是罗亭并没有消失。在大学的秘密小组，在流亡异国与流刑西伯利亚的路上，在1905年彼得堡皇宫广场的请愿人群里，甚至在1917年攻打冬宫的士兵和水兵中，

[1] И.С.Тургенев, Собр. соч, В10-х, Т. 6, Гослитиэдат, М. 1961，СТР. 249.

我们会猛然认出某个背影，暗叫一声："罗亭!"罗亭穿过世纪，这一个俄罗斯并非多余的"多余人"。而这也就是屠格涅夫时间的最大向度。

那么，由马车追赶的漫漫长路倒转成漫漫长路追赶的马车会怎么样？由向远方伸展的道路倒转成从远方不断消失在车轮下的道路又会怎么样？……空间是否随时间移动位置，时间是否随空间改变方向？

且等普鲁斯特。

普鲁斯特的回忆：在现在经历的过去

贡布雷教堂。时间的空间形式

可惜，普鲁斯特再也看不到，世界上还有一种语言，汉语，能够把他法语的《A la recherche du temps perdu》（《追寻逝去的时间》）译为《追忆似水年华》。因为普鲁斯特的时间从未"失去"。"此情可待成追忆，只是当时已惘然"[1]。现在与过去对转。似水"Temps perdu"（"逝去的时间"）倒转成"Temps retrouve"（"重现的时光"），才是他多卷本长篇叙述的题中之义。他对往昔的叙述不是开始在现在，也结束在现在？而且，数十年叙述的最后一句不是已经随时间循环为叙述的第一句？

既然普鲁斯特给他的第一人称叙述者自己姓名的一半，一个暧昧的姓，马塞尔，我们也就跟着含糊其辞地叫他普鲁斯特吧。

普鲁斯特的文本上一再涌过"岁月"的词语——时间似水，而不是逝水，普鲁斯特的时间之流不是长逝，永逝，而是可以回流，倒流，甚至可以漫溢，泛滥，汇注，潭一样沉静，湖一样荡漾，和海一样摇动四岸。如果贝克特在写作他的名著《普鲁斯特论》时已有《追忆似水年华》汉译书名，他大概就不会感到普鲁斯特的长卷多少有那么一点点文不对题的遗憾。[2]

[1] 叶葱奇.李商隐诗集疏注·锦瑟.北京：人民文学出版社，1985，1.

[2] 贝克特.论普鲁斯特.世界文论（2）.北京：社会科学文献出版社，1993，244-245.

在古典的空间几何学之后，普鲁斯特发现了现代的"时间"几何学：

> 世人，他们占据了一个无限延续的位置，一个伸展着的无边的空间。因为他们像潜游在岁月中的巨人，同时触及他们生命中被逝水年华遥遥分隔的各个时代——他们在时间之中。[1]

《追忆似水年华》的这一句结语，就是后来批评家们喜欢反复谈论的时间的空间化与空间的时间化。当然不是普鲁斯特头一个发现时间，而且，在柏格森主义的20年代，甚至也不是普鲁斯特头一个发现心理时间，但是，是普鲁斯特的《追忆似水年华》头一个展开生命时间的空间形式与生命空间的时间形式，在乔伊斯的《尤利西斯》与艾略特的《荒原》之前，在福格纳的《喧哗与骚动》与吴尔芙的《黛罗薇夫人》之前，也更是在马尔克斯的《百年孤独》与

---

[1] 普鲁斯特. 追忆似水年华（下，引语由笔者改译）. 南京：译林出版社，1994，603-604.

昆德拉的《不朽》之前。

头一个无疑是重要的。

同样是出于自己生存的困境，尼采返身去寻找希腊的理由，而且他找到了希腊的理由："希腊人知道并且感觉到生存的恐怖和可怕，为了能够活下去，他们必须在它前面安排奥林匹斯众神的光辉梦境之诞生"[1]；普鲁斯特却只在自身寻找生命的理由，而且他也找到了生命的理由："我重又抓住时间，因为记忆在把过去引入现在的时候，生命融合了时间的巨大维数，那曾分裂生命的巨大维数——过去、现在、将来……我觉得这种生活值得一过"[2]。由尼采的"为了能够活下去"到普鲁斯特的"这种生活值得一过"，他们谁在呼唤谁？由发现古希腊人日神映照的"外观"美的空间，到发现现代人自省的"内部时序"短暂的永恒，人在这个严酷的世纪再一次肯定自己。活下去！

普鲁斯特声明，他的书只"为读者提供阅读自己的方

[1] 尼采. 尼采美学文选·悲剧的诞生. 北京：三联书店，1987，11.
[2] 普鲁斯特. 追忆似水年华（下，引语由笔者改译）. 南京：译林出版社，1994，594.

273

法"。也许《追忆似水年华》有多少个读者，就可能读出多少种生命的时间形式与空间形式。

在普鲁斯特的追忆中读你自己的年华吧，尤其是读你自己永远年轻的年华。《追忆似水年华》，尽管普鲁斯特不敢狂妄地说它像一座大教堂，但是他是多么希望它是一座让信徒们在其中参悟真谛、冥入和谐与环抱大全景的教堂，不然，哪怕就是一座俯视在海岛顶巅的德落伊教祭司的纪念碑也好，即使它因为险峻无路与神秘无门，而没有人能够登临，没有人能够进去。他最怕留下一座未完工的教堂。因此，1931年，当贝克特在《追忆似水年华》中看到"记忆与习惯是支撑庙堂的飞拱，而这庙堂是为纪念建筑者以及所有哲人的智慧"的时候[1]；1951年，当莫洛亚又在《追忆似水年华》中看到"从贡布雷望出去，两条'边'……竟在作品的顶上组成巨大的圆拱，最终汇合在一起"的时候[2]，普鲁斯特在另一世界的不远处，回头一望

[1] 贝克特．论普鲁斯特．世界文论（1）．北京：社会科学文献出版社，1993，186.

[2] 莫洛亚．追忆似水年华·序（上）．南京：译林出版社，1994，6.

自己殿堂的飞拱与圆拱，肯定在贝克特和莫洛亚的时间里笑了。这才是普鲁斯特可追忆的年华。

教堂。贡布雷教堂，巴尔贝克波斯风格教堂，威尼斯圣马可教堂，骄傲者马库维尔教堂和夏尔特尔大教堂，如果没有《追忆似水年华》中这一座又一座的教堂，普鲁斯特叙述时间的线也可能断了，何况，要不是去拜谒巴尔贝克教堂，就不会有与阿尔贝蒂娜在海堤上的邂逅，就不会有那一丛宾夕法尼亚少女玫瑰的开放，而且最重要的，"当初"，他也正是"在贡布雷教堂预感到……时间的形式"[1]。更确切地说，普鲁斯特从贡布雷教堂找到了他时间建筑的空间构造。教堂的空间，"大门"，"后殿彩画玻璃窗"，等等，为他敞开了也结构了无形无迹的时间。在初稿中，门，窗，拱……曾经是他的长篇分卷的一个个篇名。

---

[1] 普鲁斯特．追忆似水年华（下）．南京：译林出版社，1994，602.

他生的记忆。千年遗梦的现在投影

普鲁斯特也不能两度逗留在他童年的贡布雷。谁也不能。

旧地重来，他那条儿时的维福纳河已经没有世外的源头，他那段斜坡小路已经失去幼稚的弯度，连他初见的，初次出现在玫瑰花篱边的希尔贝特小姐也已经是罗贝尔夫人，盖尔芒特公爵夫人，这一切都不单单是年岁改变了眼睛和世界。旧地不再。故人不再。贡布雷，斯万那边和盖尔芒特那边，希尔贝特和罗贝尔……空间，连同留迹其间的人，都已经随时间的离去而离去。谁又是重游者？不会有昨天的我的第二次到达，却只能有今天的我的第一次到场。普鲁斯特走进过去又走出过去的回忆，永远不是重温而是初遇：在现在经历过去。你有过回忆里的第二次生命吗？真实的过去在前面，虚假的现在退走了，远了，黯淡了甚至消失了。

但是，普鲁斯特"追忆"的时间论仅仅发现了此生的记忆。

比他那可传可忆的"名之时代""字之时代""物之时

代"更遥不可知的，是遗忘了的他生的记忆。"他生未卜此生休"[1]。他生与此生对转。他生，在前生与来生这两义中，我们在这里取前义。他生，他生的他生，普鲁斯特为她，为他生命的一半，一世又一世地准备了"一百副面具一百个名字"。他一定要在此生重遇她。

因此，他在阿尔贝克海滨路遇的每一个年轻女性都是她，都让他迷乱，尽管那不过是漫步时的擦肩而过，乘车疾驰时的一闪而过，他目送的甚至不是依稀的面影，而是消失的背影。处处都是她们。他只见她们而不见她。他还不知道，她们不过是他千年旧梦的现在投影，都是她！

她们。终于，阿尔贝克蜿蜒的海堤上走来了六七个少女美丽的行列。她们是比地中海阳光海岸希腊女神赤裸的天姿更无邪、更无忌、更无耻也更无罪的诱惑，她们本身就是健康，无意识，肉欲，狠毒，非理性和快乐。

她们的媚惑竟一时盲了他的眼睛。他不能辨认她们的身姿，也不能区别她们的面容，他怎么也找不到她与她之间形体的分界线。一条曲线的变化，创造了她也可能毁灭

---

[1] 李义山诗集·马嵬.

了她。她的眉、眼、唇、腮的每一种情态都在改变她。好像她们身上的变腰与变腰在不断移位，她们脸上的笑靥与笑靥在互相换位。他每次碰见的都是她们人体美学的新概念。谁能够认出她们中的她？等到一天，他隐约听到路边有谁耳语"那个西莫内·阿尔贝蒂娜……"她们中谁是阿尔贝蒂娜？这一声唤起了他久已遗忘的名字，她们有了一个共名：她们是他的一个个阿尔贝蒂娜。

他要找到她们中的她。

她就是那一个海滨迷人行列中最先走进他的视线的女孩，阿尔贝蒂娜。她笑盈盈的斜睨无意间落在他的凝视里。她双眸里的黑色光芒，是她的也是他的"回家的路"——沿着她目光中那么深那么远的黑色地带，她走出自己，走向他的远方，他也同时走出自己，走进她的深处。回家，他和她与其说是相遇，不如说是重逢，如果她不是他生命原有的一部分，失去的一部分，他关于她的第一个词怎么会是如此贪婪的"与她一体"，"占有她"？

她那颗撩人的美人痣，像一种不可捉摸的女性美学符号，初见时仿佛含羞地半躲在下巴颏上，稍后的日子又恍惚是面颊上谜一样的视点，再后来竟默默停在上唇上了，宛如一声无语的低唤。定格。她的许多侧面在现在叠映为一。她从此遮住了她们。阿尔贝蒂娜，就是她！

但是，他依旧在一个阿尔贝蒂娜身上同时看到好几个阿尔贝蒂娜。他甚至在她的唇上吻着另一张脸，吻，是他青春还愿的祭礼，献给她唇上的一个个她。他在她的身上遭遇她们。他究竟在寻找她还是她们，寻找她们中的她还是她身上的她们？

> 这些被选中的女子，是我们气质的产物，是
> 我们感性的倒影、反成像、"底片"。[1]

时光重影的"底片"。普鲁斯特直觉抵达的，比荣格集体无意识原型理论叫出他的阿尼玛，叫出她的阿尼姆斯，早了许多年。占据她的占据她们的芳菲的空间，他破裂的生命因此重圆。

普鲁斯特也还没有意识到，她，她们，不过是他千年

---

[1] 普鲁斯特.追忆似水年华（上）.南京：译林出版社，1994，518.

记忆的再现。他在现在重现过去的时候，遗忘了他在此生重现他生。

　　他早已不是需要"命中注定的女主人公"的那一代了。他既不是来把她从书卷中唤回生活，也不是来把她从生活中供进经典。如果有什么是命中注定的，那就是生命永无破解的秘密：世世代代有多少种美丽诞生过他，他就一定要在自己的一生一世再遇多少种美丽。父亲的她，父亲的父亲的她……她们都活在他的生命中。他按照自己的千年遗梦复制着她们。她们从他的身上走出，然后再与他相对。可是每一次相逢的时候也就是相别的时候，找到她时已经不是她了。因此，与其说他在一个一个寻找她们，不如说他在一个一个送走她们，他总是在送别的路上，她们一个个的面影和背影标记着他的路程。但是她是永远的，即使阿尔贝蒂娜已经坠马身亡，他在巴黎布洛涅树林远近见到的每一个丽人都像她，都是她，他几乎失声叫出："阿尔贝蒂娜！"

　　这一个名字他喊叫了千年。

斯万家那边与盖尔芒特家那边的重合。空间重叠的时间

普鲁斯特为她准备了最后一个名字：德·圣卢。

德·圣卢是他初恋情人希尔贝特的女儿，阿尔贝蒂娜的隐替身。他虽然遗忘了她们那么多的面具那么多的名字，但是，希尔贝特，阿尔贝蒂娜，德·圣卢，仍然连成了他的一条生活粉碎不了的"神秘的线"：时间。似水年华，由希尔贝特、阿尔贝蒂娜到德·圣卢的流去的岁月与由德·圣卢、阿尔贝蒂娜到希尔贝特的岁月的回流，仿佛一次周而复始的循环。

时间从洛里山谷中的小镇贡布雷开始，展开了空间的两条边：斯万家那"边"与盖尔芒特家那"边"。两条"边"也是两条"路"。一条路穿过平原，途经坦桑维尔花园和木槿花树围绕的斯万庭院，另一条路沿着河流通往盖尔芒特公爵园林，古老的城堡，两条方向相反的路都向外延伸到巴黎，香榭丽舍大道，圣·日耳曼豪华区上流社会的晚会，夜宴，剧场和沙龙。这两条歧路，不仅有无数的交点，有巴尔贝克和阿尔贝蒂娜的横向岔道，而且这"边"与那

"边"，也由于斯万的女儿希尔贝特与盖尔芒特家族后裔圣卢·罗贝尔的婚姻而完全重合了，重合在他们婚媾的女儿德·圣卢小姐身上。但是时间没有停止，至少普鲁斯特自己在德·圣卢小姐身上看到，她就是他逝去的年华重构的青春。

在斯万家与盖尔芒特家两边之间的漫长地带，姓氏的年代，地名的沧桑，家族的谱系等等的记忆，除了盖尔芒特夫人的玫瑰红缎晚妆，德·圣德菲尔夫人珠光缎长裙上的徽号和饰纹，还有一品红吊钟海棠，在抚慰时间，在依恋和惜别拿破仑时代的遗风与第三帝国的"美好时代"，只剩下帝国和帝国贵族男男女女的怪癖、顽念、无事的烦恼和无病的痛苦，总之除了剩下生命与文化的症候，一切都在衰微，败落，老去和死去。斯万和盖尔芒特的姓氏和家族随他们没落的后人湮灭无闻。又是没有明天的伤逝的挽歌？历史不过是时间的一种虚构而已。在历史之外，唯有生命，唯有在德·圣卢小姐身上的生命——唯有她那颗由父亲、由祖父遗传的线条优美的头，那双飞禽一样被天空洗净的蓝透了的眼睛，和那个由母亲、由外祖母遗传的雕琢玲珑的鼻子，留下时间并赞美时间。这也就是普鲁斯特所说的"时间的物质化"：无形、无色、不可捕捉的时间，凝固成可观、可绘、也可思、可梦的生命造型。

普鲁斯特也把通往斯万家的路和通往盖尔芒特家的路走成了自己的一条路。空间的分野被时间重叠。从贡布雷的那一夜，从他外祖母别墅的那一串门铃声响起，萦回不绝的铃声就叮叮咚咚敲响了他的年年月月，他从此遭逢的每一个人、事件和场景都移动在一串铃声的隐约节奏里，而且，都或近或远地谛听这一串铃声。

铃声，随斯万先生初次夜访的来去，一声声跌落在贡布雷别墅门前的台阶上，开始了他的第一个没有母亲的吻和晚安祝福的夜晚，孤独的无眠的夜晚。当他走进盖尔芒特公爵府最后一场盛宴的庭院，又传来了它的回响，两地铃声遥远的相和，好像是同时互相碰响。是最后的盛宴，斯万家那边和盖尔芒特家那边的所有男女，仿佛都为了离场而上场了。但是，在这一刻，他在倾听自己：除了铃声，除了那么多岁月在自己身上前前后后击响，在帷幔低垂的客厅和花园暗影里的一切私语、戏语、浪语、卖弄风情的言笑和空洞无物的堂皇言论，都失声了，好像远隔一个世界。满庭的仕女，府邸外的车马，美酒溅溢的杯盏，以及黯淡了窗外星月的灯烛，都退场了，只有铃声断断续续。人，事，地，与他的关系、价值和意义，不在位置和距离，而在时差与时序。普鲁斯特的全部往昔在上一串铃声与下一串铃声之间，在《追忆似水年华》的前一个词与后一个词之间，开卷的首句与终篇的末句之间。他就这样留住了时间，或者，他就这样被时间留下了。谁留住了时间或者被时间留下了，谁就在时间里抗拒时间——在时间里抗拒死亡。

　　普鲁斯特最后一次走进盖尔芒特公爵府的庭园，他的脚踩过鹅卵石路的凹凹凸凸，也同时踩过了威尼斯圣马可教堂石板路的高高低低。这时，与其说他是被不平的鹅卵石和石板绊得跌跌撞撞，不如说他是被从四面袭来的往事转得头晕目眩。正是这种普鲁斯特式的同时穿过现在与过去的感觉，贡布雷，以及从贡布雷那两边展开的全部时空，才无序、无理、多重错置地随他拥进书房，并无限扩展了书房。他在这一夕经历了一生。他由寂然独坐的书房来到众宾客的喧哗之中，在他的四周，贡布雷两边的男男女女都已迟暮、衰老、垂死，除了他，普鲁斯特，还是那个永远"不可能有40岁"的普鲁斯特，那个在时间中"绝对存在"的普鲁斯特。他不是一个悼亡者，来为已死的德·夏吕斯、夏尔·斯万、圣卢·罗贝尔们安魂，或者为自己伤悼，未死先祭。他没有也不可能逃离在时间之外，或者高倨在时间之上。对于普鲁斯特，既不存在什么时间的战胜，也不存在什么战胜的时间，不要忘记《追忆似水年华》的最后一个词：在时间中。普鲁斯特在自己的时间中，这已经足够了。

在等待戈多之前，贝克特如此迫不及待要成为最早解普鲁斯特时间方程的批评家。而且他自认找到了普鲁斯特方程的解：

> 普鲁斯特的解式是对时间与死亡的否定，因否定时间从而否定死亡。死亡死了是因为时间死了。[1]

---

[1] 贝克特．论普鲁斯特．世界文论（2）．北京：社会科学文献出版社，1993，244．

这是贝克特的否定之否定，所谓"死亡死了"的永生或者永恒，时间终止。而这恰恰不是普鲁斯特的时间：只有时间"中"的普鲁斯特，没有时间"外"的普鲁斯特。这也不过是贝克特一次智力的冒险。为了解普鲁斯特不可知的"未知数"，他假设了一个"已知"的贝克特等式：时间＝死亡。尽管他自己也意识到时间的双重性，意识到时间"这个毁灭与创造的双头怪兽"，但是逻辑的需要，他绝对地，在这里只单取时间"毁灭的头"。不错，生命与死亡，肯定与否定，只要在思想，我们就必然在二元对立的思维中。但是贝克特的精彩解式不过是一个同义反复的循环游戏。如果再假设第二个贝克特等式——时间＝生命，那么就有普鲁斯特方程的第二解：普鲁斯特的解式是对时间与生命的肯定，因肯定时间从而肯定生命。生命不死是因为时间不死。普鲁斯特不也还是那个普鲁斯特吗？

让·弗朗索瓦·雷维尔，则因为始终停留在巴尔扎克、托尔斯泰、左拉们的叙事年代，而进入不了普鲁斯特的时间。他是过于偏爱继日继月继年的时序，以及时序里情节的进展和性格的形成了，以致不能忍受普鲁斯特几十页长的贡布雷早眠，几百页长的拉斯普里埃晚会，而某些事件相隔的十年又居然短得只有寥寥数行。他尤其因为找不到那决定人物命运的"一天"而懊丧。他的时间是等速的，岂能任普鲁斯特如此荒诞地"压缩"、"压扁"、"压平"？他嘲笑说，普鲁斯特这位"时间大师"的真正主题原来是"在时间之外"[1]——其实，正如雷维尔在自己的时间里一样，普鲁斯特也在自己的时间里，只不过他雷维尔走投无路地徘徊在普鲁斯特的时间之外罢了。

1954年巴黎伽里玛法文版的《追忆似水年华·莫罗亚序》，有一个著名的论断："普鲁斯特的主要贡献在于他教给人们某种回忆过去的方式。"[2]这也是对所谓普鲁斯特"时间哲学""回忆哲学"的一种莫罗亚阐释。可是，对于普鲁斯特，时间不是哲学论证的范畴，而是生命——他自己的生命呈现的形态。遗憾的是，莫罗亚也只是在才思驰骋的愉悦中追忆普鲁斯特的年华，而没有在切身感同

---

[1] 莫洛亚. 追忆似水年华·序（上）. 南京：译林出版社，1994，4.

[2] 雷维尔. 普鲁斯特与生活. 世界文论（1）. 北京：社会科学文献出版社，1993，238.

的痛楚中追忆自己的年华。生命只有现在时，普鲁斯特的回忆，哪怕是最令他怅惘的回忆，也从来不是以往岁月的投影，回声，重复和再现，而是他生命的现在。普鲁斯特的追忆甚至是一种瞻望。

批评也是写作，文学批评的对象，是该最后转向批评家自身了。一定已经有人在随普鲁斯特追忆自己不老的年华。也许某一天，某一位出版人，会选某一篇读出了自己生命时间的批评作《追忆似水年华》的序或者跋，那才是普鲁斯特时间天然的延长。

米兰·昆德拉的不朽：堆积历史的脸与无纪年的姿势

脸与姿势

在你们那里生活的人有脸吗？昆德拉让他的阿格尼丝羞涩地问一个遥远星球的陌生来客。

别再看着我。这是阿格尼丝的父亲弥留时对女儿的最后嘱咐。阿格尼丝知道，他去了一个没有脸的地方。

轮到了阿格尼丝自己。她也不要任何人，甚至自己的丈夫，看着她死去的脸。保罗，她丈夫的名字，早已在记忆中湮灭。她的最后意识是：对了，那边的人没有脸。

昆德拉却看到了阿格尼丝，一个没有脸的女人，并且用阿格尼丝的眼睛看到了一个没有脸的时代。在我们这个平面化的，或者直接用昆德拉的话说，广告——意象形态的世界，人的脸越来越相似的世界，也许再没有比发现这个疯狂追求形象的无脸时代更有意味的事情了，至少，这比生活中承受不起的轻重些，比生活在别处近些，比为了告别的聚会缠绵些，也比玩笑更让人自戏自娱些。

阿格尼丝17岁时，在舞厅与人对跳一种流行巴黎的多少有些放荡的舞，她的一左一右向前甩出的手臂，好像要把脸挡住，甚至要把脸抹去。当然，这不是为了遮住羞耻：恰恰是脸遮住了羞耻。抹去了脸，她才解放了自己。她一眼也不看舞伴的脸，目光只投向他身后的空白处。就是在做爱时，她睁大的眼睛也在寻找脸后面的什么。即使她站在镜前，也从不看自己的脸，镜中无底的深处也许隐匿着真实的什么。她望着。

脸是什么？比如，法国先贤祠供奉着一种脸的系列，美国好莱坞又诱惑着另一种脸的系列，你要哪一张脸，或者你的脸要拥挤在谁与谁之间？

某一天，阿格尼丝在一本时尚画报上一眼浏览了223张脸。223张脸隐藏了脸。谁？他们是谁？一张脸后有许许多多的人，许许多多的人前有一张脸。在阿格尼丝的眼里，每一个人的面相无非是人类脸谱差异很小的变形，人类样品的一个序号。于是有了一则昆德拉读法的《圣经》寓言：从所多玛城逃出的居民不能回头张望，否则就会变成盐柱。永远的盐柱！所谓瞬间化的永恒，不过是一种被时间抛出的永久的惩罚。穷其一生只为了把自己的一张脸长留在世间的人们，脸与脸的堆积就是历史，老去的，眉目不清的，彼此遮盖的历史。

于是，阿格尼丝自然要抛弃她的脸了。因为她天生是一个生活在自己脸后面的人，更确切地说，一个无脸的或者与自己的脸面分离的人。

同样的，虽然还没有几张斯德哥尔摩的脸给昆德拉一副诺贝尔的面孔，但是，诺贝尔的脸也好，昆德拉的脸也好，斯德哥尔摩们的脸也好，他们都不认识也不需要认识别人的脸。

脸不是人内部世界的外观，脸并不就等于个性，灵魂，我。当阿格尼丝寻找脸后面的自己的时候，她也就最终放弃了"我是谁？"的追问，而开始疑问："我是什么？"有人听懂了这一问吗？

16岁的阿格尼丝第一次由一个男孩送回家。沿着门内的花园小径，不曾预想地，她扭过头来，朝他粲然一笑，她的右手在空中一挥，那么轻巧，飘逸。她第一次感到自己身体和身体的动作艺术杰作般的魅力。但是这个如此奇妙地首先触动了她自己的手势，却并不专属于她，也就是说，不是她首创的而是她再现的。她偷偷看到过，她父亲的女秘书也曾朝同一条花径相反的方向，向送别她背影的目光，莞尔一笑，出人意料地扬起手臂，那么轻巧，飘逸。她和她，谁在模仿谁？她们都不过是同一个迷人姿势的两个副本罢了。一个手势照亮了阿格尼丝深邃的时空：这是两个相距遥远的时刻在一瞬间的突然相遇，两个性格截然相反的女人在一个手势上的突然重合。

姿势。这是一个在告别中召唤和预约的姿势，一个转过身去眺望前面的姿势。她们挥手。触摸。抱吻。交媾。分娩。瞑目。……一个姿势就是人体的一组词语。你不妨累计一下，迄今为止的世界，词语比人少，姿势比人更少，换句话说，不是我们在使用姿势，而是姿势在使用我们，正像不是我们在使用语言，而是语言在使用我们一样。从安娜·卡列尼娜卧轨的姿势与包法利夫人服毒的姿势，娜塔莎飞月凌空的姿势与玛特儿吻别于连断头的姿势，查泰莱夫人丰乳的姿势与拉拉美臀的姿势，直到最近阿格尼丝转身挥手的姿势与她的妹妹劳拉两手从胸前一翻推向不可见的远方的姿势……姿势上演的人生。

不必考证，也无从考证，在一个姿势上，是谁复活了谁，或者是谁复制了谁。世世代代的人在同一个姿势上相遇，就如同他们在同一个词语上相逢一样。请不要再凭你的脸面而是凭你的姿势，探究你的身世、命运和归宿之谜。

姿势叠映。从阿格尼丝转身挥手的姿势里，走出了她的妹妹劳拉：

保罗好像突然老了许多。劳拉笨拙地游着爬泳，她那一次次划水都好像岁月落在保罗头上：我们看见他的脸在一点一点变老。他已经70岁，过一会儿80岁，他仍旧端着酒杯站在那里，仿佛要阻拦山崩一样向他袭来的岁月。他突然又衰老了10年，变成虚弱不堪的耄耋老人，120岁至150岁的样子。就在她走到通向更衣室的转门的时候，一件意想不到的事发生了：她突然转过脸，朝我们轻轻地挥了挥手臂，那么优雅，流畅……奇迹出现了。岁月逐渐从他身上离去，又把他变回50岁上下，长着蓬蓬松松一头灰发，风度翩翩的男子。[1]

美丽女人的无年龄的姿势万岁！尽管劳拉这一次转身挥手的远眺和暗约，不是对她的丈夫保罗，而是对她的情人阿汶奈利厄斯。

---

[1] 米兰·昆德拉．不朽．北京：作家出版社，1991，328-331.

两姊妹。阿格尼丝的头和劳拉的身体

　　这就是劳拉：充满梦幻，昂首望天，可身体下坠，她的屁股，还有那对同样沉重的乳房，都朝向地面。

　　劳拉的姐姐阿格尼丝。她的身体像火焰一样腾起，头却总微微低垂：一个注视着地面的怀疑论者的头。[1]

　　虽然文学史上已经有那么多有名的两姊妹，昆德拉仍然忍不住要增加他自己的两姊妹阿格尼丝和劳拉。两个箭头是她们形而上的头和形而下的身体。轻视面目的昆德拉只重视头和身体。对昆德拉来说，两个箭头是否就象征头和身体并不重要，重要的是，两个相对的或者相反的箭

[1] 米兰·昆德拉. 不朽. 北京：作家出版社，1991，231.

头，的确是现代人头与身冲突与分裂的一种几何学抽象。我1988年也曾独自叙述过什么"头与身的战争"[1]，10年后，读到1991年昆德拉《不朽》中文版上的这两组互相碰击的箭头，让我暗喜。

更让我惊异的是，不望她们的面貌——她们也无面貌可望，我竟从阿格尼丝和劳拉的身上，似曾相识地，看到了曹雪芹的钗与黛的侧影。劳拉沉重坠向地面的乳与臀和宝钗高过冰冷头顶的肌肤温暖的雪线，阿格尼丝体内向上腾起的火焰与黛玉泪水滴下的燃烧着的寒冷，不分古典和现代，东方和西方，都同样是生命至深的痛苦。

两姊妹，两种不可替代的美丽和诱惑，两种互相增色的仪态与魅力，两种……已经多到任何一种增加都只能是重复。于是昆德拉直接展示阿格尼丝的头和劳拉的身体。

在一个脸面变得越来越多、越来越像的世界，昆德拉如此不屑于描写阿格尼丝与劳拉姊妹的肖像，以致显得那不仅是现代小说的闲笔，简直就是败笔。但是，不管她们

[1] 任洪渊．墨写的黄河·找回女娲的语言．北京：北京师范大学出版社，1998，38.

的面容多么朦胧，她们法语文化与德语文化的头却轮廓清晰。没有头的身体是不可思议的。

两姊妹诞生在瑞士边境的德语、法语接壤地带，德语和法语是她们的两种母语。最不可知的秘密是，姐姐长大成德语的阿格尼丝，妹妹长大成法语的劳拉。

劳拉那颗"昂首向天"的头，似乎生来就为测量法语文化"加法"的高度。从革命，乌托邦，层出不穷的先锋、后先锋艺术，到随季候流行的时装与随情欲变换的脂粉，劳拉也像许许多多法国人一样，不倦地用身外可观、可量、可形、可色的什么增加自己头颅的高度，成为自我肯定的一种外在形式。天生要"做"点什么"留下"点什么，是历史的加法。加法是无限的。劳拉不知道，身外无限增加的种种属性，不一定能融为与她一体的品性，却必定要掩盖、改变甚至扭曲她的本性。

但是，劳拉的身体高过自己的头。她活在自己的身体中，那最可贵的部分是在体内。她的身体，就是性，与身俱来，先验的，终身的，不是完完全全地给予就是完完全全地占有。劳拉身体的加法是：她＋他。

他是谁？她＋伯纳德？＋保罗？＋阿汶奈利厄斯？

劳拉最常用的词语都是体内的器官和器官的功能。比如，她喜欢说"吃"说"吐"。吃，是劳拉的加法，她的爱的最高形式莫过于把被爱者"吃"掉，化为自己身体的一部分。但是，劳拉"吃"掉过谁？伯纳德，不过是"一头十足的蠢驴"，一个在喜剧年头苦恼地假笑并且苦心地要别人假笑的悲剧人物。而保罗是在从韩波到布勒东的反传统之后，从斯大林到卡斯特罗的革命之后，生逢其时地在中国红卫兵与法国5月风暴的年代成年，赶上在巴黎街垒中与旧世界决裂，并且，就是这个先锋的保罗，为了再赶上一个属于他女儿的电视、摇滚乐、广告、大众文化和闹剧的时代——为了"绝对摩登"，而成为"自己掘墓人的出色帮手"。剩下的阿汶奈利厄斯，也就只好来扮演一个身怀利器却找不到战场和敌人的战士，一个过时的堂吉诃德罢了。就连保罗，少女时的劳拉初次见到他的一刹那，一个声音对她说："要找的人就是他！"（1808年，艾福，拿破仑与歌德会见时脱口而出的第一句话就是："要找的人就是他！"）20年后，同一个声音对她说："他不是要找

297

的人。"那么还有谁呢？于是劳拉的"吃"变成了"吐"。加法变成了减法。她吐掉了伯纳德，吐掉了保罗，也还将吐掉阿汶奈利厄斯。

当然，吐，不一定是劳拉的"真"，却常常是她的"诗"，一个隐喻和意象，类似于萨特的"恶心"。凡是那些不能与她的身体融合为一的异物，异思，异己的一切，她都一一吐尽。在身体上和词语上，劳拉都是一个女性的萨特。

劳拉坠向地面的乳、臀与那一身125磅肉体的体积和重量，就是她痛苦的体积和重量。这也同样是宝钗丰腴的痛苦。尽管劳拉和宝钗无论在空间上和时间上都相距遥远，但是同一种在历史中"留下"点什么的加法，都抵偿不了她们生命中的减法，余下她们凄绝地独守自己。

而阿格尼丝那颗"注视地面"的头，却靠近德语文化的一种减法，甚至不惜一切减到0。那当然不是黑格尔那种把万万千千的悖异与偶然减为一的必然的减法。也不单是诺瓦利斯减到死亡、叔本华减到原意志、尼采减到狄奥尼索斯第一推动力的减法。阿格尼丝减掉了黑格尔，减掉了诺瓦利斯、叔本华和尼采，直减到身体0的极限：虚无。

对于阿格尼丝，她的身体几乎是一种形而上的抽象。她仿佛在自己的身体之外。只有性把她的肉体焚烧成一团白焰闪烁的时刻，她才在自己的身体中，那时，她沐浴在自己的光华里，像极光，或者像白夜，像烧毁了地平线、烧毁了日出和日落也就烧毁了白天和黑夜的白夜。但是阿格尼丝拥有自己的身体的时候，也就是她失去自己的身体的时候。性的减法。阿格尼丝在一次次焚尽自己。所以她才那么惶恐地，眼睁睁看着吞噬她身体的迟暮逼近。

与她的身体相反，阿格尼丝的头倒是形而下地俯向故土。她每年都要沿着阿尔卑斯山区的林中小路，重寻父亲的遗踪。"她最后一次漫步乡间，来到一条小河边。她在草地上躺下。躺着躺着，觉得河水淌进了她的身体，洗濯去她的痛苦，她的污垢，洗濯去她的自我。……存在，就是化作清泉，让穹宇融融雨水般地流落泉中。"[1]她的减法越过了0的极限，变成了加法。与万物同一。与上帝同一。她就是苍蓝的天穹，飞逝的时光，她回到了生命之前之外之上的原初的存在，家园和诗意地栖居。在头顶上和词语

---

[1] 米兰·昆德拉.不朽.北京：作家出版社，1991，251-252.

上，阿格尼丝都是一个女性的海德格尔。

阿格尼丝，这个从罗马巴伯里尼王宫画廊的壁画走下的歌特式少女，没有回到画上。她最后抹去了一切的痕迹，记忆，连同自己的面容，不回头地走了。这与黛玉的焚稿，同是一种无望的孤绝。

在一个她早已诀别的世界，唯有一枝蓝色的勿忘我，不为人所见地开放在她的眼前。这个直减到0的人，依然勿忘我？

存在主义数学与天宫图的时间钟面

昆德拉曾想把海德格尔的存在主义时间哲学变为他的存在主义时间数学。不过，他只找到初级的加法和减法，像我们在前面谈到过的那样。尽管他发现了小说叙述时间的多项定律，诸如无声的巧合，诗意的巧合，推出故事的巧合以及病态的巧合，等等，我们甚至还能仿爱因斯坦的伟大公式，助他完成一个现代小说叙事学巧合的子公式：

$$巧合的值 = 时间 \times 不可能性^n$$

但是，也仍然不能计算巧合的时间概率。他始终也没有能够创立他的存在主义时间数学，哪怕是一个方程，因为他找不到一个时间常数，也没有什么人能够找到时间常数。时间无常数。

生命时间不可数。

无奈，昆德拉只好把占星术的天宫图理解为一种生命的隐喻，在天穹12宫的圆面上，看日、月、7大行星以不同的速度不同的周期位移，构成种种寓言式的星象和相位。当日月和7星的9重循环，不断由起点回到终点或者由终点追上起点，天宫图的时间钟面，便永远是圆的无限，0的无限。太阳，连同其他8星，一一司掌着你的爱情，性，性格，梦幻，血性与挑战性，活力与冒险精神，因此，你生辰注定的星座和不可重复的天象，已经是你生命先天的主题。圆的旋转，每一颗行星时针般掠过你的星空坐标时的星象，都是你生命主题的一重重变奏。

当然，昆德拉并不为你占相。他发现，似乎与天上的星象与相位对应，人体的姿势也时针般移过地面，姿势的重现、重复与重叠，也宿命地预演着人生。昆德拉的小说是一种关于小说的小说，也就是说，他把小说写成了小说学，其中，与星象的天命、也与面相的血缘同等重要的，是昆德拉找到了他的人物家族的姿势谱系。

生命之钟的指针在转动。同一个渴望不朽的姿态重叠。

文献上的贝蒂娜，每当她神往于超越自己，成为历史的一部分进入永久的纪念，像一句惯用语一样，随意地，她也有一个"贝蒂娜姿势"：

她双手内翻，两个中指的指尖正好顶在双乳之间。接着，她的头稍稍前倾，脸上露出微笑，双手有力而优雅地往上甩去。直到最后一刻，她才双臂朝外翻手掌向前摊开。[1]

（谁第一个做出这个手势，或者，谁在她面前做出过这个手势？也许无考。也许藏在姿势后面的记忆，比藏在

---

[1] 米兰·昆德拉. 不朽. 北京：作家出版社，1991，161.

词语深处的记忆更久远。）

昆德拉小说里的劳拉，也突然不由自主地甩出贝蒂娜式的手势，那时，她也仿佛抵达了贝蒂娜向往的历史高度和远方：

她把头微微一偏，脸上露出淡淡的、充满忧郁的微笑，十只手指撮在胸前，接着，双手往前一摊。[1]

（她怎么会有这个动作？她从未做过这个手势。一位不相识的人在提醒她这么做，正像曾经提醒过贝蒂娜那样。仿佛是谁的这个手势引导着她，而不是她的这个手势引导着什么。）

贝蒂娜那双从自己胸前伸向天边甚至要伸过天边的手，其实，也只能伸向歌德，贝多芬，最多再伸向裴多菲的不朽。在贝蒂娜的手势后面，歌德退走了，她因为和歌德的恋情而不朽；贝多芬退走了，她因为和他的友情而不朽。

[1] 米兰·昆德拉．不朽．北京：作家出版社，1991，159．

而且，不管是出于贝蒂娜的传言还是杜撰，在奥地利皇后和她的扈从们面前，一个脱帽、垂手、躬身路旁的歌德和一个帽檐低低压过蹙额和眉峰、旁若无人大步走过的贝多芬，走进了历史。最后，贝蒂娜称26岁早殒的裴多菲为Sonnengott（太阳神），欧洲记住了这位在1848年革命中战死在战场上的匈牙利诗人，也记住了他的崇拜者贝蒂娜。连我们的卡尔·马克思也有一次把他的燕妮冷落在一旁，陪贝蒂娜长时间地散步。在马克思的身旁，也闪过贝蒂娜的侧影。

从贝蒂娜到劳拉，同一个渴望不朽的姿势未变。

但是历史变了。贝蒂娜的18—19世纪的欧洲——歌德少年维特和老年浮士德的欧洲，贝多芬英雄交响曲和肖邦葬礼进行曲的欧洲，已经变了。到了劳拉的20世纪下半叶的欧洲，可惜，只能是伯纳德、保罗、阿汶奈利厄斯们的欧洲，在革命之后，战争之后，种种乌托邦和先锋后先锋之后，只剩下怀旧和文化的乡愁。在一个早已没有英雄而且不再有"事件"的年代，劳拉除了孤零零站在地铁站口，手捧红色募捐盒遥望非洲，又还能为她的历史"做"

点什么，"留下"点什么？

劳拉捧着募捐盒的孤独身影，成了20世纪欧洲一道凄凉的晚景。5月风暴已过。在这个因为没有历史而制造历史的时期，即使她要等黛安娜王妃没有爱情的婚礼和不是国殇的国葬，等那十几年间迎她送她的行列，礼炮与钟声、花朵与烛光、赞美诗与挽词相接的长长的行列，也还有好多好多年。

生命之钟的指针在转动。同一个伸手触摸的姿势重叠。

1810年，特鲁利茨的一个傍晚。62岁的歌德与25岁的贝蒂娜在室内对坐，他们87岁的距离这么近。窗外落日的余晖与她面颊上的红晕融汇，一直蔓延到她的心窝。

"有人抚动过你的乳房吗？"把手放到她的胸口。他问。

"没有。"她回答。[1]

（谁第一个伸手触摸，谁第一声回答"没有"？同样不可考。因为他伸向她的手，比伸向历史、不朽、永恒的记忆的手更久远；她的第一声"没有"，也远在历史、不朽、永恒的记忆之前。）

---

[1] 米兰·昆德拉．不朽．北京：作家出版社，1991，62.

19 ？？ 年，巴黎一夕。27岁的鲁本斯邀17岁的阿格尼丝在一家夜总会对跳一种流行舞。他与她相距一步，阿格尼丝与鲁本斯相差10岁的距离和贝蒂娜与歌德相差37岁的距离相等。

"有人碰过你的胸脯吗？"一种不可遏止的冲动，他把手放在她的胸口，声音禁不住有些颤抖。

"没有。"她以同样颤抖的声音回答。[1]

（是谁在暗示他伸手？她的回答，是否也同时听到了那声隔世之音？）

像是一个从未停止的动作，歌德伸出他的手，触摸。鲁本斯伸出他的手，触摸。

同样的，也像是一声不绝的回声，贝蒂娜回答："没有。"阿格尼丝回答："没有。"

伸手触摸。

没有。

生命之钟的指针同时在天上的钟面和地上的钟面转动。

---

[1] 米兰·昆德拉 . 不朽 . 北京：作家出版社，1991，287-288.

从非逻各斯中心到汉语智慧的重新临场

曾经有过龙飞凤舞？

不管是从谁开始演《易》的那一天起，人首蛇（龙）身的女娲就已经远了。蛇（龙）身隐去，只剩下一条无穷无尽的蛇"线"——在《易》的第一卦，天卦，乾：

龙，长无首尾，由"潜"而"见"，在"田"，在"渊"，在"天"，它就是追着太阳的天地、四季和大运行本身。这也许是我们今天还能回望的龙飞凤舞的最后余影。

不绝的，也好像只留给我们蛇（龙）线神秘的延续了。龙，从卦象阳爻"—"阴爻"－－"的循环，黑陶云纹青铜雷纹的回旋，甚至钟鼎甲骨上汉字点划的纵横，直到石涛墨色"一画"的没有起点也没有终点，线在，但是蛇（龙）身那曾经与大自然一体的全部宇宙能量、爆发力与多种选择的可能性，都已在史前失去。这是"天人合一"第一义的丧失。

狂野的生命，人的头、身躯、四肢向外的无限延展，与黄河用洪波、用白浪、用九曲和百折不回的决荡川行大陆的长流，与龙同云、同风、直至同整个天空的飞动，这三者，究竟谁是谁的影子？等到反照天空的龙飞凤舞的幻影消失了，地上的长河仍在涌流，而人的头、身躯、四肢却匍匐在自己的梦影前，用龙"—"与"--"若连若断的遗踪，占卜命运。

那么早地，由龙穿越在空间外时间外不见首尾的野性，沉落为易卦玄秘理性的年代，也就是由青铜放逐诸神的年代。为什么我的文化一开始就是人的文化而非神的文化，始终是这块亚洲大陆最古老的秘密。即使那些幸存在正史文献的惨败的神，与希腊众神相比，也已经遗忘了自己人世投影的神山，家族，谱系，爱情和梦想，无神的中国，我们又怎么还会有像神那样生活过的童年记忆？

那是演《易》成象（八卦）、成文（《辞》与《传》）的千年甚至万年岁月。

《易》的"一"只剩下"天人合一"的第二义。就是那一条蛇（龙）线，一，运动成不绝不断的线"—""--"，成互动两极的点"："，成起点重合终点的圆"↺"，再回到线的"—"。一不同于佛顶圆外的涅槃，也不同于基督背负的十字架上的拯救，一拒绝被救于彼岸，天国，来生，他身，而自救于此岸，现世，今生，本身。一，一切就在自身实现、完成与超越，是《易》的也就是中国智慧的生命。

不错，《易》，是变，是动，是生生不息，但它已经是变的秩序动的秩序生的秩序与息的秩序。一切都在《易》中了。《易》中无限的神秘代替了《易》外神秘的无限。是占卜而不是反思。是回答而不是追问。是第一动力展开了的有序运动，而不是打乱这个有序运动的无序的动力。因此，能不能够打破《易》的自我重复的"恶循环"，从一开始就成为《易》的也就是中国智慧的一个险数，甚至是劫数。

一开始就是先秦儒与道的双头理性。

头从此不再对身体说话。就连庄子的至人，神人，真人，也是因为"丧我"、"虚己"甚至"离形"、"去身"直至出离与万物一体的血肉之躯而逍遥"游心"，从"游于形骸之内"到"外其形骸"，"游乎尘垢之外"。而且，头对身的遗忘是如此彻底，以至除了文人写意山水的孤寂与空绝，人不见了，至少，人在雕刻、壁画上自照与自我肯定的形象，在汉墓的殉葬之后，又埋进魏晋敦煌的石窟黄沙，双重的埋葬[1]。

继放逐诸神之后，中国文化又一次把佛永远流放在彼岸。在此岸此身成佛——同一个身躯长出第三颗头颅，佛的头颅。一身三头的中国智慧。

印度净土的佛完全中国化成红尘中的禅。"瞬间永恒"在红尘中。而无佛，无庙，无经，也无修行仪式，禅，一下解救了对林泉与科第两不忘情的中国士与仕。他们获得了现实的"功"与超现实的"悟"，他们两全。对于他们，禅甚至是一种远比蝶鲲鹏的精神超越更容易实现的灵魂逍遥。他们自然没有释迦的王冠需要放弃，现在，他们连身上的紫袍也不必脱下了。成佛，他们也不必无畏地舍身，去喂鹰或者饲虎，不必修炼，苦行，甚至把轮回转世的无

---

[1] 庄子·德充符·大宗师·齐物论。

穷尽的劫数与苦难永远推迟在佛的彼岸。他们把宫阙望成了禅门。他们同时占尽了肉体的色与灵智的空。他们没有失去任何的"有"而得到了完全的"无"。谁能拒绝这样的禅境？

三头智慧的头文化过早耗竭了丰盈的生命。汉语在把梵语的佛改写成禅之后，似乎再也不能把拉丁语的"基督"改写成中国的什么了。儒后，道后，也佛后，我们再也长不出第四颗头颅，哪怕就是基督的头。

古代的多头文化必然发展为近代现代不断换头的文化。我的有着几千年"头"文化传统的身躯，不间断地更换头和主义，主义，主义。一个多头与换头的世纪匆匆过去了，就是在今天，一些人"现代"的头还没有长稳，又迫不及待地更换"后现代"的头；另一些人仍然抱着西方抛弃的一个个头颅，动情地哭泣；更多的人急忙在自己的一张旧脸上，装出某种自以为入时的无国界的表情。始终是头？而且始终是他人的头甚至面孔？

回到自身。

回到女娲的人首蛇身，回到前语言的直接现实：始终是野兽脊骨上抬起的人的头颅，也始终是人的头颅下蛇身蜿蜒的岩洞、林莽、野性和血性。

回到嫦娥后羿的奔月与射日，回到他与她生命先天的分裂与后天的寻找：奔月，她是为了追回太阳的逃亡；射不回的月亮，他射杀自己的太阳，环绕她辉煌凋谢。

回到刑天的断头，回到顶天就刑天的高度：额与天齐的时候，头和天一样苍茫一样苍老。抛掉它！黑暗再睁开双乳看第一次日出的眼睛，呼喊再张开肚脐第一次叫响万物的口。

回到人首蛇身的人与自然，射日的他与奔月的她，以及他与她刑天式的头与身，回到多重分裂与多重复合中集聚宇宙能量的生命。

回到自身，头与头之间文化的距离消失了。恺撒、安东尼与克里奥佩特拉，他们的身体无须翻译，他们的婚姻不是"零"距离而是"负"距离。同样的，像是逃出了千年的殉葬和死亡，汉墓画像石《侍者进食图》变形的多面一身，与毕加索《亚威侬少女》一身多面的变形，互为镜象——回到人，东方和西方、古典和现代遥远对称。

现代人在自己身上肯定他人的时候，也就是从他人身上肯定自己的时候。

再一次从奥林匹斯众神中将走出明天的西方人：他们身上希腊人性与希伯来神性相异的相合，简直是天赐。这使得他们既有希腊力与美的身躯，耶稣悲悯的胸怀和承受苦难的肩，有尼采式弗洛伊德式永远的狄奥尼索斯冲动及力比多能量；又有希伯来宇宙意识的头颅，依旧保留着苏格拉底理性的宽广前额，而超越的头顶已经瞻望到摩西神性的高度。

站在他们面前，世界在等我们再一次从女娲的蛇（龙）身上抬起人的头，而且，不再像司马迁实现在项羽断头上的人格，不再像嵇康、阮籍林下狂的反叛与狷的放弃，不再像曹雪芹碰破石头的胭脂般红丽的文字，不再像徐渭、石涛一片墨色中，那即将分娩即将破晓的一线曙色一线血色……是的，不再像他们只是遗世独立的一个人，而是整整一代人。

仅凭鲲鹏寥廓的逍遥和蝴蝶多彩的梦，再也追不回对龙对风的远古记忆了。

何况连鲲鹏连蝶都已遗忘？直到我们突然不无尴尬地发觉，里普斯主体向客体"移情"越过柏拉图理念世界与现象世界两千年鸿沟的年代，几乎就是我们从严复译述《天演论》开始的人与自然分离的年代；阿恩海姆找到人与观照物先天的"异质同构"Gestalt"完形"的年代，也几乎就是我们失掉老子"人法地，地法天，天法道，道法自然"[1]天地人一法的年代。不过，即使鲲鹏依旧，蝶也依旧，即使鲲鹏垂天的云翼与蝴蝶比光还轻的翅膀曾经一度穿越物／我、时／空、生／死、有／无的界限，却再也飞不上托尔斯泰那轮娜塔莎月亮的 16 岁高度，飞不进普鲁斯特他生的阿尔贝蒂娜遗梦，飞不过米兰·昆德拉重叠在贝蒂娜与劳拉同一个姿势上的无数岁月，当然，也更不能与卡夫卡的变成小甲虫，与海明威半真半幻的乞力马扎罗赤道雪豹，与马尔克斯的长出猪尾巴，栩栩然同一梦了。

鲲鹏蝶出离血肉之躯的时候也就是失去续飞动力的时候。当鲲、鹏和蝴蝶凭借生命的第一动力第一速度飞起，

---

[1] 老子·二十五章。

就因为失去第二动力第二速度，再也飞不出自己飞行的庄子半径和圆了。

鲲鹏的一次到达也就是永久的到达。逍遥，没有也无须再有任何一个能够越过自己第一度空间的动词。不能再延展的空间，已经塌陷了，沉落了。

蝴蝶的初次超越也就是最后的超越。不再有也不必再有第二次化蝶的瞬间，也就不再有世界老了时间还小的永远年轻的生命。不能重新开始的时间，已经老了，甚至死了。

于是，庄子的鲲鹏和蝴蝶一旦飞起，中国任何的想象似乎就再也飞不过它们的翅膀了。一切都是鲲后、鹏后、蝶后的重临。

而且，庄子与惠子竟无数次面对面地互相错失了。我们也都笑成了那一条拒绝惠子的鱼。是惠子给出了现在的零度，现在即"郢有天下"，为没有方向没有边界的空间定位；也是惠子给出了现时的零度，现时即"物方生方死"的即现即逝的瞬间，为无始无终的时间定时。此在的零度与现时的零度构成惠子时间——空间坐标的维度与向度，抵达，逾越，直至无限的维度与向度。远离惠子，庄子的鲲、鹏和蝴蝶不过是在一个维度和向度上自己追着自己飞翔的幻影罢了[1]。

一旦回到龙回到凤回到血肉之躯的生命，鲲鹏就是第一推动第二推动第三推动……永远的动词，生命的力学意象。归巢、再起飞直至击落自己的翱翔，飞成天空又飞掉天空的翱翔，时空的界限消失在它的翅膀下：空间"无极"也"无际"。时间"有始"也"有未始有始"[2]。

不断飞出自己又飞回自己的蝴蝶，不断蝶化万物又万物化蝶的蝴蝶，也就是生命的美学意象。人有多少感知世界的形式，蝴蝶就有多少穿越时空的形式。蝶影掠过，可以惠子式"我知天下之中央，燕之北越之南是也"时间的空间转向，燕与越的并置或倒置。也可以惠子式"今日适越而昔来"空间的时间移位，今与昔的同时或错时[3]。

我们只能在自己的钟面上读出世界时间，读出历史时间。我们一诞生，生命的时针重新指向0，时间开始了。时间的0度也是空间的0度。我们在自己的钟面为自己定

---

[1][3] 庄子·天下。

[2] 庄子·逍遥游·知北游·齐物论。

时，定位，也从自己的钟面与同代人相遇相逢，与前人相守相候，与未来人相期相约。

我们守住自己的钟面与世界共时，与历史共时。

2001年维也纳新年音乐会。改变了多瑙河水色的斯特劳斯蓝色圆舞曲，又流响一年。曲终人不散。日本指挥小泽征尔转身请乐团的演奏家们向听众问候新年，英语，法语，德语，俄语，意大利语和西班牙语……日语，就是没有汉语。小泽望向大厅，他的嘴边是北京音的汉语：新年好！我把这看作一个语言预兆：缺席了300年的汉语应该重新临场。

"蓝色多瑙河"之波从此也回荡汉语的平仄了。

不是说，从联合国宪章、日军受降书、"三八"线停战协定到WTO条款没有汉语签字。也当然不是什么"汉语世纪"的旧梦。但是，至少在上一个百年，拉丁诸语用爱因斯坦E，普朗克常数h，用居里夫人的Ra（镭），沃森和克里克的DNA，叫出了一个世界；也用弗洛伊德的O（俄狄浦斯情结）和海德格尔的Dasein（此在），巴尔特的

T（本文）自由和德里达的Difference（延异）新文字，叫出了好几代人。百年呼唤也还没有一个汉语词。

新世界在拉丁诸语中。

其实，在汉语与拉丁诸语相遇前，文言在继续，白话早已开始。从宋民间话本到明清官话文本，一切都发生在语言内部：由汉语自身的文言词法生成着现代汉语句法。

与拉丁诸语对话，不是改变了而只是加快了现代汉语的进程。感谢几辈翻译家，他们的汉语天资延续了汉语的天质。他们传神地找到了对应拉丁诸语冠词、时态、介词组合与复合句式等等的汉语结构，又不留形迹地把拉丁诸语冠词、时态、介词组合与复合句式等等摒弃在汉语文本之外。汉语由词法的语言生成兼有句法的语言，但是，现代汉语仍然是汉语，仍然是词性自由，语序自由，无时态或者超时态的灵动的语言。

是翻译作品丰富了现代汉语。而没有现代汉语就没有现代中国文化。我们从此生活在译名的世界，语言异乡，并且随译名的改变而漂泊。谁还在他乡思故乡？谁还自问：为什么我们只有译名而不能命名？

也就在汉语停止"名"停止"卮言"的地方，曹雪芹第一个感到自己的身躯再也承受不起自己头颅的重量，尤其是一个身躯承受儒的头道的头佛的头三头的重量。曹雪芹是回到生命反思生命的第一个中国人。他用吃尽少女红唇上胭脂的汉字，用随宝钗肌肤的雪线温暖起伏的汉字，随湘云四月五月的阳光和红芍药向外嫣红抛洒的汉字，随黛玉黑眼睛里的泪花开到最灿烂的汉字，总之，用随少女们姿态万千地绚丽一回的汉字，碰击儒的头道的头佛的头，并且高过了儒的头道的头佛的头。红楼上的语言狂欢。

一场汉语红移（red shift）的曹雪芹运动。红颜，红妆，红笺，红楼，红，汉语的青春色，词语也像银河外红移的星群，扩展着生命新的边界。

但是曹雪芹太孤独了。红楼甲戌本，庚辰本，戚序本，程甲本……多种残本后，到陈寅恪晚年也"著书惟剩颂红妆"的时候 [1]，仍然是一个孤独的红移中人。谁将继续曹雪芹绝世的词语红移，并且红移过拉丁诸语的苏格拉底线，谁就是第一个再次用汉语对世界言说的中国人。

---

[1] 陈寅恪. 陈寅恪诗集·辛丑七月. 北京：清华大学出版社，1993.

"在牛顿的轨道上没有人的位置"[1]。曾经说明过文艺复兴时代的人和世界的拉丁诸语，不能仅凭一种语言再一次说明工具理性时代的人和世界了。他们"现代"的话语不能。他们"后现代"的话语也不能。或许，在人失落的轨道上，现存的一切语言同声呼唤人的时代已经到来——这正是所有语言存在至今的理由。

2000年的第一次日出，所有的语言叫出了一个共同的"太阳"，Sun，Soleil，Солнце……这是千年庆典的语言仪式。比第一缕晨光，第一个旭日，甚至比基督的第三个千年重临更能把20世纪的眼睛引向同一视野的，是跟着21世纪的"太阳"最初出现的"名词"。21世纪将在哪些"名词"中临场——21世纪最早被语言叫出来的是什么？又是谁是何种语言最早开始了呼叫？布什的美国英语叫出了"恐怖"，其他的语言还将叫出什么？

汉语倾听着地球上所有的语言。

汉语在准备自己的名词、动词、形容词。

---

[1] 普里戈金引柯伊莱. 从混沌到有序. 上海：上海语文出版社，1987，71.

1999—2004

《世界文学》，2000，NO.2

《2007 年中国随笔年选》，花城出版社，2008

《当代诗潮：对西方现代主义与东方古典诗学的双重超越》

　　1988 年　台湾《创世纪·两岸诗论专号》

　　1988 年　《文学评论》，NO.4

《洛夫的诗与现代创世记的悲剧》

　　1　创世记：神／人／兽　石／血／雪

　　2　东方智慧：天／人　时／空

　　3　汉语：语言的自由／文化的重负

　　4　中国人生命的险区：今天的历史／历史的今天

5　生命的诗：头 / 心　60 岁 / 20 岁

1990 年　台湾《联合文学》，NO.8

《词语红移的曹雪芹运动》

1991 年 5 月 2 日　北京大学　在"1991：中国现代诗的命
运与前途学术座谈会"上的发言

1991 年 6 月 25 日　《诗人报》专号

《中国当代诗歌》

1995 年　《新中国文学史略·诗歌篇》 北京师范大学出版社

《白色花：曾卓情韵，绿原智慧，牛汉生命力》

1997 年　《诗刊》，NO.7

《项链串不起的断落的年华》

读郑敏《戴项链的女人》同题诗

1997 年　《名作欣赏》，NO.3

《中国诗人，把汉语智慧带给法语英语德语俄语/盘峰自白》

张清华：《一次真正的诗歌对话与交锋／盘峰诗会述要》

1999 年《诗探索》，NO.2

《现代人自我演出的戏，以及戏中的谐、谑、讽》

读痖弦诗随想

戏 1　谐　谑　讽　戏 2

2000 年　《花城》，NO.6

《俄罗斯风雪中的斯维特兰娜独白》

读邵燕祥诗剧《最后的独白》的旁白

2007 年　《邵燕祥诗歌研讨会论文集》　首都师范大学

《漂移的岸》

读旅美诗人于慈江

2007 年　《漂移的岸·序》　人民文学出版社

《论侯马》

2009 年 12 月 27 日　哈尔滨　在"天问诗歌新年峰会·侯马

诗歌作品研讨会"上的发言

2010 年 《星星》理论刊，NO.2

《吉狄马嘉：一个汉语书写的彝人名字和梦想》

2011 年 8 月 5 日 民族大学 在"吉狄马嘉诗歌作品研讨会"

上的发言

2011 年 《青海湖国际诗歌节特刊》 青海人民出版社

《谢冕无冕》

谢冕与新诗潮 谢冕一日 谢门弟子

2012 年 6 月 26 日 北京大学月光厅 在"《谢冕编年文集》

出版发布暨学术座谈会"上的发言

2015 年 《作品》，NO.7

《致骆英：7+2，再+1？》

读骆英《〈开花〉与虚无》

2014 年 EMAIL 邮件

《在飞回蝴蝶的一刹飞出蝴蝶》

沈浩波《蝴蝶》论

本相 1　白骨上的站立与倒下　生命与死亡

本相 2　血肉之躯的他与她　他们与她们

本相 3　一切在一身：天堂与地狱　自囚与自赎

2015《诗探索》，NO.2

评任洪渊诗 选目

刘再复

《新时代"司天者"的礼赞》

　　1982 年 《文艺报》，NO.8

李元洛

《"第二届青春"的诗》

　　1983 年 《新文学论丛》，NO.4

童庆炳

《任洪渊论》

　　1985 年 《北京师范大学学报（哲学社会科学版）》，NO.5

黄伟林

《东方智慧：任洪渊诗的"第二重宇宙"猜想》

　　1988 年 《名作欣赏》，NO.1

无名氏

《〈女娲六象〉评点》

　　1988 年 台湾《创世纪·大陆名诗人作品专号》

蓝棣之

《〈初雪〉〈船〉〈黄昏时候〉〈她，永远的十八岁〉解读》

　　1989 年 《中外现代抒情名诗鉴赏词典》 学苑出版社

　　2007 年 《现代诗名著名篇解读》 人民文学出版社

张颐武

《母语的召唤与任洪渊的诗歌写作/

"后新时期"诗歌的一种走向》

　　1993 年 《文艺研究》，NO.5

李静

《创造神话的人：诗人任洪渊》

　　1994 年 《星光》北京版，NO.8

周晓风

《现代诗歌的文化使命/读任洪渊〈女娲的语言〉》

　　1995 年　《当代文坛》，NO.5

伍方斐

《生命与文化的诗性转换：

任洪渊的诗歌创作与文人后现代主义》

　　1996 年　《学术研究》，NO.5

王一川

《任洪渊的原初式语言形象》

　　1998 年　《中国形象诗学》　上海三联书店

邵子华

《生命　一朵开不败的牡丹/任洪渊〈黄昏时候〉导读》

　　1998 年　《20 世纪中国文学名作导读》　作家出版社

李建盛

《任洪渊词语的曹雪芹红移》

　　1998 年　《北京社会科学》，NO.3

王一川

《汉语本体焦虑中的"女娲的语言"》

　　1999 年 《汉语形象美学引论》 广东人民出版社

李怡

《任洪渊与中国学院派诗人的选择》

　　2000年 《西南师范大学学报（哲学社会科学版）》，NO.2

徐润拓

《青春之歌/读任洪渊〈她，永远的十八岁〉》

　　2001 年 《名作欣赏》，NO.2

王向晖

《任洪渊重新发现汉语》

　　2002 年 《话语转型与价值重构·第 6 章》 北京出版社

李霆鸣

《墨色黄河流出的汉语世纪/任洪渊诗与诗学综论》

　　2002 年 《广播电视大学学报（哲学社会科学版）》，NO.4

图书在版编目（CIP）数据

任洪渊的诗／任洪渊著．—北京：北京师范大学出版社，2016.5
　（北师大诗群书系）
　ISBN 978-7-303-19896-2

　Ⅰ．①任…　Ⅱ．①任…　Ⅲ．①诗集-中国-当代
Ⅳ．①I227

中国版本图书馆CIP数据核字（2015）第284406号

营 销 中 心 电 话　010-58805072 58807651
北师大出版社学术著作与大众读物分社　http://xueda.bnup.com

REN HONGYUAN DE SHI
出版发行：北京师范大学出版社 www.bnup.com
　　　　　北京市海淀区新街口外大街 19 号
　　　　　邮政编码：100875
印　　刷：北京京师印务有限公司
经　　销：全国新华书店
开　　本：890mm×1240mm　1/32
印　　张：11
字　　数：155 千字
版　　次：2016 年 5 月第 1 版
印　　次：2016 年 5 月第 1 次印刷
定　　价：44.00 元

策划编辑：边　远　　　　责任编辑：李　克
美术编辑：王齐云　　　　装帧设计：王齐云
责任校对：陈　民　　　　责任印制：马　洁